幽趣詩詞選

王如萍編著

張斌教授（右）同王如萍教授合影

張序

　　作者王如萍教授，出生於河南省林州市（原林縣）一位名老中醫家庭。我同他是小同鄉，也是中學時老同學，但在抗日戰爭中同時逃亡到西安，失掉家庭接濟而各奔東西，我進入軍醫學校，他入川，旋即考入四川國醫學院，而由華西大學畢業之後，分發至雲南昆明中醫學院工作，由基層昇任教授、研究員，曾任該校病理教研室主任及主管學院科研工作。對中醫針灸、病理有獨到的研究，後來應聘赴美發揚中醫針灸，十餘年來曾為主流社會各階層人士治療各種疑難病症，發表論文 38 篇，先後曾獲七次國際醫學獎，曾著針灸學方面不少論文。2001年被選入《中華成功人才大辭典》中，也被載入史丹佛大學名人研究中心編印的《世界名人錄》中。

　　王教授不僅在中醫針灸方面登峰造極，想不到他對中國文學也有深刻研究，今年五月他看到了我寫的《諧趣詩歌選》後，他在三個月內就寫出《幽趣詩詞選》，他曾搜集李、杜、歐、蘇各時代文豪仕女的幽趣文章，在其「奈何篇」中也納入不少大陸文革時期的作品。詩詞本來是文學精華，言簡意賅，由其中可以察覺許多寶貴深奧道理，心境不同就會對同樣事物有不同見解，其中〈詠梅〉就有五首，各有殊見，最後又把祖傳中國醫藥文藝化，我想閱者對此書將大開眼界，可開懷欣賞，特為引介。

張斌 謹識

2005 年 11 月

目錄

前言

余出生於一個知識份子的家庭，從小就受到嚴格的教育。除在寒暑假期，父親為我講解四書五經之外，詩詞歌賦也在必讀之列；又由於父親精通中國醫學，要求我對〈湯頭歌訣〉、〈藥性賦〉等，也要背得滾瓜爛熟。所以，我從小就和詩詞結下了不解之緣。

有一次，中學的國文老師李孟賡，在講解羅念生〈芙蓉城〉時，提及成都東關外，望江樓上，前人有半邊對字，缺少下聯；就在那個暑假的一個乾熱的一天，父親正搖著羽毛扇，為我講解蘇軾的〈喜雨亭記〉時，突然甘霖普降！一下子，在我幼小的心靈上，就聯想起那個上聯，便狗尾續貂為：

望江樓，望江流，望江樓上望江流，江樓千古，江流千古；（原上聯）

喜雨亭，喜雨記，喜雨亭前喜雨記，雨亭萬年，雨記萬年。（續下聯）

長大以後，我開始學醫。往往把一些難以記憶的內容，編成歌訣。例如血液循環：「動脈離心靜向心，兩者背道卻伴行；交流全靠毛細管，輸送營養到全身。」又如，全身共有369塊骨骼肌，肌肉的起止點和功能很不好記，我就編了許多歌訣。如背部呈菱形的斜方肌：「兩塊合成斜方肌，起自枕頸向下移，胸椎棘突項韌帶，負責抬頭把肩提。」

2004年，台灣合記圖書出版社，出版了我和張斌教授編著的《針灸療法》。書中介紹了常用穴位179個，為了幫助初

學者的記憶，在每個穴位之後，均編了一首歌訣。例如，第一個穴位百會（Baihai）的歌訣為：「百會頂中央，八寸距印堂；休克宮脫出，頭痛與脫肛。」第 179 個穴位阿是穴（Ahshixue）為：「阿氏屬何穴？非經亦非絡；痛處即可取，配刺病可袪。」

由於我對詩詞情有獨鍾，也感染了家人。有一次，我帶著孫子薺玉上街上館子，飯菜都不適口。我舉箸搖了搖頭，孫子便脫口而出：

大雨嘩嘩飄濕牆，	無檐（鹽）
諸葛無計找張良；	無算（蒜）
關公跑了赤兔馬，	無韁（薑）
劉備掄刀上戰場。	無將（醬）

他小子竟把歐陽修譏飯館的詩搬了過來。

幾個月前，我忽然收到了張斌教授寄來一冊，他編著的《諧趣詩歌選》，捧讀之後，拍案叫絕，如獲至寶。想不到一位醫學泰斗，在文學方面，亦有如此造詣。受到該書的啟發，我把兒時的耳濡目染，和多年來新收集的憾人心弦的詩詞，進行了整理。由於張教授捷足先登，為了避免雷同，我祇得將該書的精彩內容，一律割愛。幾個月來，在工作之餘，幾乎利用了所有時間，夜以繼日的，整理出四百五十餘則詩詞，由張教授和《太行山下》作者郭靖寰學長，共同命名為：《幽趣詩詞選》。我想：它可以作為《諧趣詩歌選》的姊妹篇。

回顧歷史，《千家詩》共收入二百二十六首詩歌，作者 125 人；《唐詩三百首》共收入三百一十三首詩歌，作者 77 人；而《全唐詩》計收入四萬八千九百餘首詩歌，作者二千二百

餘人等。這正像張教授所說:「華夏五千年,詩歌逾萬卷。」如此看來,本書也真是九牛一毛了。不過,我所選編的,也有其特點。比如,從周代姜子牙的:「兩目知人意,雙眉又解愁;若言離更合,覆水定難收。」到諾貝爾物理獎得主楊振寧寫給翁帆的:「是的,永恆的青春。」時空橫跨數千年。

詩歌短的,只有一句。為宋葉紹翁的:「滿城風雨近重陽」;也有為中英對照的〈木蘭辭〉,僅中文即有 289 個字。

詩詞的作者有:皇帝,貴妃,達官顯貴,民族英雄,書生秀才,以及家庭婦女,和尚,歌女和無名氏等。把他們的作品,歸納為十七篇。從多方面反應了不同時代、不同身份者,錯綜複雜的社會生活和感情世界。

形式上,體裁眾多,流派紛呈。有正規的詩、詞、歌、賦,有新詩、借詩、改詩和怪體詩。有開門見山的,如北宋太宗、真宗時的宰相呂蒙正,在他早年家貧如洗時的〈祭灶詩〉:「一片樹葉一縷煙,相送司命到九天;玉皇若問凡間事,蒙正乞貸豬頭錢。」也有隱誨難解的,如李商隱於公元 858 年寫的〈錦瑟詩〉:「錦瑟無端五十絃,一絃一柱思華年;莊生曉夢迷蝴蝶,望帝春心託杜鵑。滄海月明珠有淚,藍田日暖玉生煙;此情可待成追憶,只是當時已惘然。」距今已一千一百餘年了,雖然研究的著作車載斗量,但迄今仍不能確定它:是感傷詩或愛情詩。如果把他另一首無題詩的最後一句,代替〈錦瑟詩〉的最後一句,就成了:「此情可待成追憶,一寸相思一寸灰。」那就肯定為情詩了。

有謳歌頌揚的,如柳公權的三步成詩:「皇恩何以報,春日得春衣」;有諷刺嘲誚的,如套用唐詩的〈剝皮詩〉:「青天

不知何處去？貪官日日醉春風。」此外，還有風花雪月、修身養性、閒情逸致、豪放曠懷、婚配諧詩、情場失意、成語、詩謎，以及麗情和奈何篇等。

本書首篇的第一首詩，就是歐陽修的：「去年元夜時，花市燈如畫，月上柳梢頭，人約黃昏後。今年元夜時，月與燈依舊，不見去年人，淚濕春衫袖。」接著就有劉禹錫的「楊柳青青江水平，聞郎江上唱歌聲；東邊日出西邊雨，道是無晴還有晴？」、崔鶯鶯的：「待月西廂下，迎風戶半開。拂牆花影動，疑是玉人來。」……等等。這些美好的、膾炙人口的詩句，會把你帶入無限想像的空間。

蘇小妹的女兒瑛瑛，本來有無數的機會，可以嫁入達官豪門，但她卻偏偏選擇了一位中醫藥郎中。一天，蘇小妹去看女兒，進得門來，一眼就看見在茅屋的窗台上放了些雜亂的草藥，來遮風擋雨，不覺心頭一酸，眼淚便奪眶而出，嘆道：「半窗紅花防風雨」，「一陣乳香知母來」敏捷而瀟灑的瑛瑛馬上作了以上回答，

蘇小妹頓時破啼為笑。

朱元璋在定天下之後，大批屠戮功臣。孫蕡曾在刑場上，被行刑前吟道：

「鼉鼓三聲急，西山日又斜。黃泉無客舍，今夜宿誰家。」被行刑者抄下呈上，據說，當朱元璋看到委婉、淒涼的上詩時，大為讚賞，並以「有好詩不報」為名，殺了監斬官。

長期擔任國府監察院院長的于右任，於 1964 年 11 月在台北逝世前，於病枕上，深念大陸的妻子兒女，無以釋懷。所寫的〈望大陸〉：「葬我於高山之上兮，望我大陸；

大陸不見兮，只有痛哭。葬我於高山之上兮，望我故鄉；故鄉不見兮，永不能忘！」堪稱人間離情的絕唱。

中國佛教學會會長趙樸初的《寬心歌》：「日出東海落西山，愁也一天，喜也一天。遇事不鑽牛角尖，身也舒坦，心也舒坦，……。天地本是逆旅，光陰原是過客；逍遙自在，海闊天空；不是神仙，勝似神仙。」讀之，令人心曠神怡，愁眉盡展。

本書部份內容是純詩、詞及歌，部份穿插了故事情節；在原稿中「註釋」較多。比如〈魯肅以詩息干戈〉中，對二喬註云：「二喬是皖城東郊，喬公的兩個號稱國色天香的女兒。公元 200 年（東漢建安四年），孫策從袁紹那裡得到了 3000 兵馬，在周瑜的大力協助下，一舉攻克皖城。喬公看到這二位將領，少年得志，戰功赫赫，便把自己的這對姊妹花嫁給二人，羅貫中在《三國演義》裡說：諸葛亮到江東，勸說孫權聯合抗曹，為說服周瑜，稱：『曹操在漳河新建了一座銅雀台，並發誓：在統一天下後，要把江東二喬置於其中』。又刺激周瑜說，不如乾脆將這兩位女子送給曹操，以安天下！周瑜聽罷大怒：『曹賊欺人太甚！』便答應和諸葛亮聯合抗曹。〈魯肅以詩息干戈〉即其中一個插曲。至於二喬的情況呢？

『美人自古如名將，不許人間見白頭。』孫策 26 歲被刺，大喬和孫策僅作了六年夫妻，便帶著在襁褓中的孫紹，過著茹苦含辛的生活；小喬和周瑜共同生活了 12 年，在她 30 歲時，36 歲的周瑜便結束了自己短促的一生。一代佳人，孤苦伶仃地，過著紅粉守空幃的寂寞生活。」等等。因考慮到篇幅，和不沖淡內容主體，定稿時就割愛不少。

　　對聯和詩的關係密切，有時簡直是難解難分。例如蘇東坡的迴文詩聯，正讀為：「春晚落葉餘碧草，夜涼低月半梧桐。人隨遠雁邊城暮，雨映疏簾繡閣空。」倒讀則是對仗工整的對聯；又如一些絕句，簡直就是天衣無縫的絕佳對聯。杜甫的：「兩個黃鸝鳴翠柳，一行白鷺上青天。窗含西嶺千秋雪，門泊東吳萬里船。」

　　王之渙的：「白日依山盡，黃河入海流；欲窮千里目，更上一層樓。」等等。在收集的許許多多對聯中，具有各式各樣。有春聯、婚聯、壽聯、戲聯、商聯、謎聯、輓聯、諧聯、題贈聯、集句聯、藥名聯、迴文聯、縮腳聯（歇後語聯）、同傍聯、拆字聯、疊字聯、人名聯、姓氏聯、數字聯、養身聯等。有些風趣十足，讓人噴飯；有些優美嚴謹，令人拍案稱奇。

　　最早的對聯，為唐人劉焦子於公元 723 年所寫：「三陽始布，四序初開。」最短的對聯為上、下聯各一個字，它是「九一八」事變以後，為了悼念死難同胞而寫的。上聯為正寫的「死」字，下聯為倒寫的「死」字，意思是「寧可站著死，也不倒著生。」最長的對聯有多長呢？被譽為「天下第一聯」的〈大觀樓長聯〉為孫髯翁所作，計 180 字；還有清代鍾耘舫為江津臨江城樓所作的對聯，有 1612 字。

　　最小的對聯有多小呢？蘇州微雕家沈為眾，他在兩根頭髮上分別刻了上、下聯，要在放大 200 倍的鏡下才能看清楚。對聯為：「黑髮若知勤學好，白頭更覺讀書甜。」；最大的對聯是刻在黃山立馬絕壁上：「立馬空東海，登高望太平。」每個字平均直徑為兩丈八尺，其中「平」字的一豎，有兩丈八尺長。我在黃山上曾親賞此聯。同樣是考慮到篇幅，這本書

不以聯為主體，對這些美不勝收的聯，也都狠心割愛了。

眾所周知，詩詞是文化中的精品。數千年來，在我中華的詩壇上，名家輩出，作者如雲。我們針對社會上的廣大人民群眾，而編寫了本書。書中選錄作品有陽春白雪，也有下里巴人，而側重於通俗性和趣味性，希望讀者在茶餘飯後樂於欣賞。

如前所述，本書是在張斌教授的《諧趣詩歌選》的啟發下寫成的，脫稿後，又經過張教授逐句，甚至逐字認真推敲，並查閱了許多文獻資料，進行驗證，嚴格把關，鑑修而成。張教授以帶病之身，嘔心瀝血，對本書進行了畫龍點睛，使我既於心不忍，又感到十分欣慰和榮幸！He is my good teacher and best friend！

出版社的李坤城先生對詩詞有一定的造詣，在定稿、排版過程中，也提供了許多寶貴的意見，在此一并致以謝忱。

日月如梭，應邀來美，轉瞬已經十七年了。我主要的工作一直是 Sai Fong Ginseng ＆ Herb 執照醫師。公司在莊舜懷董事長，和鄭子顏、莊婉萍經理等，對我的工作、生活等多方面，十七年如一日，始終給予熱情的關懷與支持！不是親人，勝過親人，特此向他們致以親切而衷心的謝意。

由於本人才淺學疏，不足之處，在所難免。祈望讀者、前輩，多予指正，以便再版時修訂。

編著

王如萍

時年八十歲，2006 年元旦於美國洛杉磯寓所

麗情篇

中元夕

宋／歐陽修

去年元夜時，花市燈如畫，月上柳梢頭，人約黃昏後。

今年元夜時，月與燈依舊，不見去年人，淚濕春衫袖。

> **註：** 歐陽修號醉翁，廬陵人，1030 年中進士。為人耿直，
> 屢遭忌貶職，晚年官至樞密副使，死後謚文忠。
>
> 歐陽修所作上詞，係描寫情侶們在「月上柳梢頭人約
> 黃昏後」，共同去欣賞元宵的花燈；然後避開人群，到
> 幽靜的地方，互訴心曲，這是，人生最甜美的時刻，
> 但末尾的「不見去年人，淚溼春衫袖」，又給人們帶來
> 一種：「人面不知何處去？桃花依舊笑春風」的憂傷感
> 覺，確是：睹物思人，情何以堪！
>
> 歐陽修的文、詩、詞與書法，均甚拘謹；本詞對戀人
> 們情景交融，耐人尋味的生動筆觸，入木三分，與他
> 的其他著作相比：判若出於兩人之手；以至於有人誤
> 以為是宋代女詞人朱淑貞之作。

長相思

宋／林和靖

吳山青，越山青，兩岸青山相對迎。誰知離別情？

君淚盈，妾淚盈，羅帶同心結未成。江頭潮已平。

> **註：** 詩人林和靖還有「疏影橫斜水清淺，暗香浮動月黃昏。」
> 的名句。能吟出這樣深情感人詩句的詩人，誰能想像：
> 他卻以梅為妻，養鶴為子，在人生最後二十年中，一
> 直待在西湖邊的孤山上，甚至直到老死，也未再進過
> 杭州城。因此，由宋以下，包括今天的余秋雨，都認
> 為：他有過一段刻骨銘心的愛情史。

竹枝詞　　　　　　劉禹錫

楊柳青青江水平，聞郎江上唱歌聲；
東邊日出西邊雨，道是無情還有晴？

詠陳圓圓

秋水波回春月姿，淡妝遠秀學雙眉；
清微妙氣輕噓及，谷里幽蘭許獨知。

明月三五夜（答張生）　　崔鶯鶯

待月西廂下，迎風戶半開。拂牆花影動，疑是玉人來。

絕微之　　　　　　崔鶯鶯

自從消瘦減容光，萬轉千回懶下床。
不為別人羞不起，為郎憔悴卻羞郎。

✍　*註：微之即元稹，為鶯鶯的表哥。他在《西廂記》一書中*
托名張生，亦即張君瑞。他和鶯鶯分別赴京後，另結新歡。
上詩是後來他去拜訪表妹遭拒的詩。

再絕微之　　　　　崔鶯鶯

棄置今何道，當時且自親。還將舊來意，憐取眼前人。

❧ **註：**以上三首崔鶯鶯詩，均見《全唐詩》。《全唐詩》係清
代彭定求等十三人編撰，全書共九百卷，收錄唐、五代，
李白、杜甫、韓愈、柳宗元、白居易、李賀、李商隱等二
千二百餘名詩人的詩歌，計有四萬八千九百餘首。其中收
錄白居易的詩二千多首，杜甫的一千四百多首，李白詩一
千首。相當完整地搜羅了唐代三百年間完整或是零星的
詩歌。

菊花酒詩　　　上官婉兒（昭容）

葉下洞庭初，思君萬里餘。露濃香被冷，月落錦屏虛。
欲奏江南曲，貪封薊北書。書中無別意，惟悵久離居。

❧ **註：**詩憶李逸。

江陵愁望寄子安　　魚幼薇（魚玄機）

楓葉千枝復萬枝，江橋掩映暮帆遲；
憶君心似西江水，日夜東流無歇時。

書贈溫庭筠　　魚幼薇（魚玄機）

紅桃處處春色，碧柳家家明月；
鄰樓新妝侍夜，閨中含情脈脈。

芙蓉花下魚戲，蟪蛛天邊雀聲；

人世悲歡一夢，如何得作雙成？

✍ **註：**上詩為六言抒情詩。

贈鄰女　　　　　魚幼薇（魚玄機）

羞日遮羅袖，愁春懶起妝，易求無價寶，難得有心郎。
枕上潛淚垂，花間暗斷腸；自能窺宋玉，何必恨王昌。

迎李近仁員外　　　魚幼薇（魚玄機）

今日晨時聞喜鵲，昨宵燈下拜燈花；
焚香出戶迎潘岳，不羨牽牛織女家。

思念柳氏詩　　　　　唐／韓翃

章台柳，章台柳，往日青青今在否？
縱使長條似舊垂，亦應攀折他人手。

對章台柳的和詩　　　　柳氏

楊柳枝，芳菲節，可恨年年贈離別。
一葉隨風忽報秋，縱使君來豈堪折。

幽傷〈七絕〉　　　　　　　清／馮小青

冷雨幽窗不可聽，挑燈閒看牡丹亭；
人間亦有癡於我，豈獨傷心是小青。

離別　　　　　　　　　　　王實甫

碧雲天，黃葉地，西風緊，北雁南飛。
曉來誰染霜林醉？總是離人淚！

戀雙峰插雲　　　　　　　　白居易

一片溫來一片柔，時時常掛在心頭，
痛思捨去總難捨，苦欲丟開不忍丟。
戀戀依依唯自繫，甜甜美美實他鉤，
諸君若問吾心病，卻是相思不是愁。

✍　**註：**白居易被調離杭州，臨行前，借戀西湖的雙峰插雲詩，
隱含對情人玲瓏的依依不捨。

以詩作判辭　　　　　　　　袁枚

乾隆年間，有一位才貌出眾的女子，名叫李倩。她被
迫嫁給一個妻妾成群的富鹽商尤萬金。因尤粗俗不堪，又
不解溫柔，使李倩滿懷怒憤，藉機離家出走。

離家的李倩，一向敬佩《儒林外史》作者吳敬梓的為

人，遂至吳家求助。吳憐其情，乃收為義女，安排與其女共處。

尤萬金得知李倩藏於吳家，便向江寧知縣袁枚投訴。袁知吳正直，並傳李倩應訊。李聲淚俱下，向知縣痛陳她與尤情意難投，才出此下策。

知縣袁枚見李倩冰清玉潔，秀外慧中，談吐不俗，頓起憐香惜玉之心。乃曰：「聞汝詩文俱佳，可將申辯寫出，讓本官過目。」李不假思索，筆下千行，並在文末附一七絕為：

> 五湖深處素馨花，誤入淮西賈客家。
>
> 偶遇江州白司馬，敢將幽怨訴琵琶。

李倩引用白居易《琵琶行》的典故，暗喻自己為彈琵琶的商人之婦，將袁枚比作江州司馬之白居易，把滿腹幽怨，情真意切地盡吐於字裡行間，懇請袁枚主持公道。

袁閱後，暗驚其才，但又疑其預先準備好；為試其才，於是手指庭前大樹為題，再作一首。李見大槐樹曾滿經風霜，仍倔強挺枝，乃曰：

> 獨立空庭久，朝朝向太陽。何人能手植，移作後庭芳。

袁見詩有景有情，雅淡直率，讚曰：「妙極！」並當場宣佈恢復才女自由，並以詩代判曰：

> 才女嫁庸商，實在不相當；破鏡難重圓，何必太勉強！

此案被傳為佳話。

牢中情詩　　　　　　　　　　李敖

不要那麼多，只愛一點點。

別人的愛情像海深，我的愛情淺。

不要那麼多，只愛一點點。

別人的愛情像天長，我的愛情短。

不要那麼多，只愛一點點。

別人眉來又眼去，我只偷看妳一眼。

達板城的姑娘　　　　　　　　羅珊

朵妹送哥石頭坡，石頭坡上石頭多。

不小心拐了妹的腳，這麼大的冤枉對誰說？

　　註：羅珊是王洛賓的初戀情人，是音樂把他們聯繫在一起。上歌是羅珊用漢語唱給王洛賓的。

相思　　　　　　　　　　　　李師師唱

一別家鄉音信杳，

百種相思斷腸何時了？

燕子不來花又老；薄情郎君何日到！

想是當初莫要相逢好，

着我好夢欲來不又覺，

綠意但覺鶯聲曉。

吟李師師

芳容麗質更妖嬈，秋水精神瑞雪標。

鳳眼半灣藏琥珀，朱唇一顆點櫻桃。

露來玉指纖纖軟，行處金蓮步步嬌。

白玉生香花解語，千金良夜實難消。

少年遊　　　　　　　　　　　宋／周邦彥

并刀如水，吳鹽勝雪，纖指破新橙。

錦幄初溫，獸香不斷，相對坐調笙。

低聲問：向誰行宿？城上已三更。

馬滑霜濃，不如休去，直是少人行！

✍　**註：** 作者周邦彥，為宋朝的鹽稅官。一晚，他正在與師師約會時，宋徽宗忽至，他來不及出走，被師師藏於通內室的另一房間。是夜，他對徽宗與師師的一舉一動，了若觀火。之後，他將徽宗與師師的幽會，寫成上詞〈少年遊〉。後來，師師再次與徽宗幽會時，將〈少年遊〉唱給徽宗聽。徽宗以此詞印證上次見面時，情真意切的情景，表示驚訝！詢師師，知為周邦彥所作，心甚不悅，遂藉故將周罷官，並逐出京城。

蘭陵王　　　　　　　　　　　宋／周邦彥

柳陰直，煙裡絲絲弄碧。

隋堤上，曾見幾番，拂水飄綿送行色。

登臨望故國，誰識京華倦客？

長亭路，年去歲來，應折柔條過千尺。

閒尋舊蹤跡，又酒趁哀絃，燈照離席，梨花榆火催寒食。

愁一箭風快，半篙波暖，回頭迢遞便數驛，望人在天北。

悽惻，恨堆積！暫別浦縈迴，津堠岑寂，

斜陽冉冉春無極。念月榭攜手，露橋聞笛。

沈思前事，似夢裡，淚暗滴。

✍ **註：** 周邦彥被徽宗罷官離經時，師師為周送行，周傷感之
餘，填〈蘭陵王〉一詞相送。徽宗再幸師師家，師師唱出
此詞。徽宗聽後，極為感動。乃召回周邦彥，並任其為「大
晟樂正」。

贈遠二首　　　　　　　　　薛濤

擾弱新蒲葉又齊，春深花發塞前溪。
知君未轉秦關騎，日照千門掩袖啼。

芙蓉新落蜀山秋，錦字開緘到是愁。
閨閣不知戎馬事，月高還上望夫樓。

✍ **註：** 上詩係薛濤懷元稹（微之）所作。她還有：「詩篇調態
人皆有，細膩風光我獨知。」用現代的語言是：「微之呀微
之，真正讀懂你的詩的人是我，真正愛妳的人是我，而且
只有我。」

鵲橋仙 　　　　宋／秦觀

織雲弄巧，飛星傳恨，銀漢迢迢暗度。
金風玉露一相逢，便勝卻人間無數。
柔情似水，佳期如夢，忍顧鵲橋歸路。
兩情若是久長時，又豈在朝朝暮暮。

聞香識女人 　　　　李白

美人在時花滿房，美人去後留空床。
床上繡被卷不寢，至今三載有餘香。

一詩贏回舊愛 　　　　薛媛

欲下丹青筆，先拈寶鏡寒。已驚顏索寞，漸覺鬢凋殘。
淚眼描將易，愁腸寫出難。恐君渾忘卻，時展畫圖看。

✍ **註：** 薛媛得知丈夫在外另識新歡，用寒、殘，用眼淚、愁
腸，用驚、恐、易、難等情景相生的字眼，表達了內心世
界，感動並贏回了丈夫，還獲得詩人的地位。《全唐詩》只
收了她這一首。

閨人贈遠 　　　　令狐楚

綺席春眠覺，紗窗曉望迷。朦朧殘夢裏，猶自在遼西。

✍ **註：** 本詩與金昌緒的〈春怨〉：「打起黃鶯兒，莫教枝上啼。

27

啼時驚妾夢，不得到遼西。」一詩用意相似，且均為好詩。

元夕夜〈永遇樂〉　　　　　　　　李清照

落日熔金，暮雲合璧，人在何處？
染柳煙濃，吹梅笛怨，春意知幾許？
元宵佳節，融合天氣，次第豈無風雨？
來相召、香車寶馬，謝他酒朋詩侶。

中州盛日，閨門多暇，記得偏重三五。
鋪翠冠兒，捻金雪柳，簇帶爭濟楚。
如今憔悴，風鬟霜鬢，怕見夜間出去。
不如向簾兒底下，聽人笑語。

聽箏　　　　　　　　　　　　　　李端

鳴箏金粟柱，素手玉房前。欲得周郎顧，時時誤拂絃。

閨怨詞　　　　　　　　　　　　歐陽修

庭院深深深幾許？楊柳堆煙，簾幕無重數。
玉勒雕鞍遊冶處，樓高不見章臺路。
雨橫風狂三月暮，門掩黃昏，無計留春住。
淚眼問花花不語，亂紅飛過鞦韆去。

憶往〈武陵春〉　　　　　　李清照

風住塵香花已盡，日晚倦梳頭。

物是人非事事休，欲語淚先流。

聞說雙溪春尚好，也擬泛輕舟。

只恐雙溪舴艋舟，載不動許多愁。

離恨〈一剪梅〉　　　　　　李清照

紅藕香殘玉簟秋，輕解羅裳，獨上蘭舟。

雲中誰寄錦書來，雁子回時，月滿西樓。

花自飄零水自流，一種相思，兩處閒愁。

此情無計可消除，才下眉頭，卻上心頭。

註：李清照出身於一個富有文化修養的官宦人家，她的父親李格非是當時名士，丈夫趙明誠文采飛揚。新婚時，生活在風雅悠閑之中；可惜 47 歲後，命運一天天坎坷，先是丈夫遠離，父親罷官，金兵南下，心愛的兩萬餘卷圖書全部散失，丈夫又拋下她永別人世。她從此隻身飄泊於南方的台州、溫州、金華等地。「尋尋、覓覓、冷冷、清清、悽悽、慘慘、戚戚。」最後隱居臨安，度過孤獨的晚年！只是前塵往事那堪回首。「梧桐更兼細雨，到黃昏，點點滴滴，怎一個愁字了得！」

聲聲慢　　　　　　　　　　　李清照

尋尋覓覓，冷冷清清，悽悽慘慘戚戚。

乍暖還寒時候，最難將息。

三杯兩盞淡酒，怎敵他，晚來風急！

雁過也，正傷心，卻是舊時相識。

滿地黃花堆積，憔悴損，如今有誰堪摘？

守著窗兒，獨自怎生得黑？

梧桐更兼細雨，到黃昏，點點滴滴。

這次第，怎一個愁字了得！

我只在乎你　　慎芝詞　鄧麗君唱

如果沒有遇見你，我將會是在哪裡？

日子過得怎麼樣，人生是否要珍惜！

也許認識某一人，過著平凡的日子；

不知道會不會，也有愛情甜如蜜？

恁時光匆匆流去，我只在乎你，

心甘情願感染你的氣息。

人生幾何，能夠遇到知己；

失去生命的力量，也不可惜！

所以我，求求你：

別讓我離開你？

除了你，我不能感到一絲絲情意。

如果有那麼一天，你說即將離去；
我會迷失我自己，走入無邊人海裡。
不要什麼諾言，只要天天在一起；
我不能只依靠，片片回憶活下去。

恁時光匆匆離去，我只在乎你，
心甘情願感染你的氣息。
人生幾何，能夠遇到知己；
失去生命的力量，也不可惜！
所以我，求求你：
別讓我離開你？
除了你，我不能感到一絲絲情意。

恁時光匆匆流去，我只在乎你，
心甘情願感染你的氣息。
人生幾何，能夠遇到知己；
失去生命的力量，也不可惜！
所以我，求求你：
別讓我離開你？
除了你，我不能感到一絲絲情意。

✍ **註：** 鄧麗君本名鄧麗筠，河北大名縣人。1953 年 1 月 29
日生於雲林縣，14 歲踏入歌壇。身高 164 公分，三圍：82、
60、和 91，體重 48 公斤。亭亭玉立，甜美可人，其優美的
歌聲，傳遍海內外。有愛國藝人、永遠軍中情人及國際天
王巨星等封號。1995 年 5 月 8 日因哮喘病於泰國清邁辭世。

人們常常唱著或聽著「我只在乎你」，來表達對她最深的
思念。

贈李香君詩　　　　　　　　　侯方域

夾道朱樓一徑斜，王孫爭御富平車。

青溪盡（種）是辛夷樹，不（數）及東風桃李花。

✍　**註：**孔尚任著的《桃花扇》中，將侯方域贈李香君詩中
的種改為「是」，將數改為「及」；但人們以為它違背了
原詩意。

另外青溪與秦淮河相匯。在匯合的地方名桃葉渡，係
李香君送別侯方域的地方。

妙筆回春　　　　　　　　　郭沫若

1962 年秋，郭沫若到南海普陀山遊覽。他在潮音洞拾
得一本筆記本。打開一看，扉頁上寫著一聯：

　　年年失望年年望，

　　處處難尋處處尋。

　　橫批：春在何處？

再翻一頁，是一首絕命詩，署著當天的日子。郭看後，
很着急，便請人尋找失主。結果，失主是一位神色憂鬱的
姑娘。

經過了解，姑娘叫李真真，考大學三次，均未考取，
在愛情上也受了挫折，因而決心魂歸普陀。郭耐心開導並

為了她改了對聯為：

年年失望年年望，

處處難尋處處尋。

橫批：春在心中。

她雖不認識郭，但猜想一定是一位有學問的人，便把自己的心事傾吐出來，郭聽後，奮筆書贈一聯：

有志者，事竟成，破釜沈舟，百二秦關終屬楚；

苦心人，天不負，臥薪嚐膽，三千越甲可吞吳。

姑娘頓時被激勵起來。她請郭題名，郭寫了：「郭沫若六二年秋」，姑娘知眼前是大文學家郭沫若，驚喜萬分，並決心在人生的道路上奮勇前進！她還大膽地寫了一首詩謝郭老，詩如下：

梵音洞前幾徬徨，此身已欲赴汪洋。

妙筆竟藏回春力，感謝恩師救迷航。

感慨　　　　　　　　　　　　　郭麗麗

鬱抑愁夢苦徬徨，二十年來夢一場。

前生煙雲匆匆過，輾轉翻側睡不香。

試看未來空迷茫，紅塵俗事愁斷腸。

自古多情空留恨，無奈情俗不成雙。

訪蕭紅墓〈踏莎行〉 牛鈄

天涯流落，江湖笑傲，難得才情高格調；
長留清輝在人間，寂寞空冢憑誰吊。
海著碧衣，山披翠襖，淒淒此處埋芳草。
北魂南魄領風騷，文債情債均未了。

✍ **註：**牛鈄訪蕭紅墓，作者認為亦可用來於悼鄧麗君。

天空 芒克

誰不想把生活編織成花籃？
可是，美好被打掃得乾乾淨淨。
我們這樣年輕，
你是否愉悅著我們的眼睛？
帶著你的溫暖，帶著你的愛，
再用你的船將我運載。
希望，請你不要去得太遠，
你在我身邊，就足以把我欺騙！

相見歡 南唐／李煜

林花謝了春紅，太匆匆。無奈朝來寒雨晚來風。
胭脂淚，留人醉，幾時重？自是人生長恨水長東。
無言獨上西樓，月如鉤，寂寞梧桐深院鎖清秋。
剪不斷，理還亂，是離愁，別是一番滋味在心頭。

謁金門　　　　　　　　南唐／馮延巳

風乍起，吹縐一池春水。閒引鴛鴦香徑裏，手按紅杏蕊。
鬥鴨欄杆獨倚，碧玉搔頭斜墜。終日望君君不至，舉頭聞
鵲喜。

✍ **註：** 馮延巳字正中，南唐中主李璟的宰相。李璟本人就是
一個文學史上有名的詞人，因此，君臣甚相得。這首詞有
段佳話：馮延巳作〈謁金門〉，中主戲曰：「吹縐一池春水，
干卿底事？」對曰：「未若陛下：『細雨夢回雞塞遠，小樓
吹徹玉笙寒』也。」

及時歡樂〈金縷衣〉　　　　　　杜秋娘

勸君莫惜金縷衣，勸君惜取少年時。
花開堪折直須折，莫待無花空折枝。

✍ **註：** 金縷衣是曲調名。本詩是勸人要愛惜年輕時的大好時
光，並非教人及時行樂。杜秋娘是唐金陵人，原為鎮江節
度使李錡的侍姜，李戰死後，杜入宮成了唐憲宗的秋妃。
憲宗被害後，秋娘負責托養皇子李湊，因謀殺權宦未遂，
被貶為民，返回鄉裡，窮老無依。故過去又以杜秋娘泛指
年老色衰的婦女。

永別了　　　　　　　　　　杏林

平常很少這樣地送你，

可就在這充滿玫瑰花香的那個夜晚；

在你的車已經發動之後，

我卻站立在你的車窗邊，久久不肯離去。

我們曾千百次分別過，但從未像那晚：

你慈祥地，笑容可掬的面龐；以及你慢慢地揮動著自己

的右手，和我們告別！

泰戈爾說：我們一次次的離開，只是為了一次次的歸來。

天哪！這一次的離開，你竟狠心地走上了不歸路！

事業未能更上層樓，情債也空留遺恨！

但你卻來去匆匆，一了百了。

靜靜地睡在芳草如茵的玫瑰崗上。

長留清輝在人間，寂寞空冢憑誰弔！？

閨怨　　　　　　　　　　王俞

相見難，淚偷彈，長夜相思睡難眠；

君去卿猶魂失散，何時再相見？！

任東風，陣陣吹，滿腔愁緒吹不散；

只因情深恨也深，心兒飛彼岸！

迴文詩

四季　其一　　　　　　　　陳梅

1、春：涼春乍過雨絲長路水汪。
2、夏：風吹岸柳夏晴空夜夢濃。
3、秋：紅楓葉落對秋空月朦朧。
4、冬：紅爐炭火暖冬封雪蓋松。

春：涼春乍過雨絲長，過雨絲長路水汪。
　　汪水路長絲雨過，長絲雨過乍春涼。
夏：風吹岸柳夏晴空，柳夏晴空夜夢濃。
　　濃夢夜空晴夏柳，空晴夏柳岸風吹。
秋：紅楓葉落對秋空，落對秋空月朦朧。
　　朦朧月空對秋月，空秋對落葉楓紅。
冬：紅爐炭火暖冬封，火暖冬封雪蓋松。
　　松蓋雪封冬暖火，封冬暖火炭爐紅。

四季　其二　　　　　　　清／吳絳雪

1、春：鶯啼岸柳弄春晴夜月明。
2、夏：香蓮碧水動風涼夏日長。
3、秋：秋江楚雁宿沙洲淺水流。
4、冬：紅爐透炭炙寒風禦隆冬。

春：鶯啼岸柳弄春晴，柳弄春晴夜月明。
　　明月夜晴春弄柳，晴春弄柳岸啼鶯。
夏：香蓮碧水動風涼，水動風涼夏日長。
　　長日夏涼風動水，涼風動水碧蓮香。

秋：秋江楚雁宿沙洲，雁宿沙洲淺水流。

　　流水淺洲沙宿雁，洲沙宿雁楚江秋。

冬：紅爐透炭炙寒風，炭炙寒風禦隆冬。

　　冬隆禦風寒炙炭，風寒炙炭透爐紅。

十字迴文詩

一、秋中賞月對高樓酒上游

　　秋中賞月對高樓，月對高樓酒上游。

　　游上酒樓高對月，樓高對月賞中秋。

二、浮雲白雁過南樓香色秋

　　浮雲白雁過南樓，雁過南樓香色秋。

　　秋色香樓南過雁，樓南過雁白雲浮。

三、年華樂境好花妍月朗天

　　年華樂境好花妍，境好花妍月朗天。

　　天朗月妍花好景，妍花好景樂華年。

迴文詩〈秋夜〉　　　　　　張月槎

煙生臥閣草凝愁，冷夢驚回幾度秋。
懸壁四山雲上下，隔簾一水月沈浮。
翩翩影落飛鴻雁，皎皎光寒照斗牛。
前路客歸螢點點，邊城夜火似星流。

倒讀為：

流星似火夜城邊，點點螢歸客路前。
牛斗照寒光皎皎，雁鴻飛落影翩翩。
浮沈月水一簾隔，上下雲山四壁懸。
秋度幾回驚夢冷，愁凝草閣臥生煙。

十字成詩又成詞

十字：香蓮碧水動風涼愛日長

成詩：

香蓮碧水動風涼，水動風涼愛日長；
長日愛涼風動水，涼風動水碧蓮香。

五言：

香蓮碧水動，風涼愛日長；
蓮香長日愛，動水碧蓮香。

又五言：

碧水動風涼，風涼愛日長；
愛涼風動水，動水碧蓮香。

詞（迴文，即可以倒讀）：

> 香蓮碧水，水動風涼，
>
> 碧蓮香，蓮香愛日長。
>
> 涼風動水，水碧蓮香。

又詞（迴文，即可以倒讀）：

> 香蓮碧，碧水動風涼，
>
> 風涼愛日長，長日愛風涼！
>
> 涼風動水碧，碧蓮香。

迴文詞　閑情〈菩薩蠻〉　　蘇軾

> 落花閑庭春衫薄，薄衫春庭閑花落；
>
> 遲日恨依依，依依恨日遲。
>
> 夢回鶯舌弄，弄舌鶯回夢；
>
> 郵使問人羞。羞人問使郵。

✍ **註**：上闕寫春深、日長無事之寂寞景況。下闕借金昌緒〈春
怨〉之「打起黃鶯兒，莫教枝上啼。啼時驚妾夢，不得到
遼西。」的詩意；後兩句形容閨中人欲語還羞的心理。

迴文詞　詠梅〈西江月〉　　蘇軾

> 馬趁香微路遠，紗籠月淡煙斜。
>
> 波清徹映妍華，倒綠枝寒鳳掛。
>
> 掛鳳寒枝綠倒，華妍映徹清波。
>
> 斜煙淡月籠紗，遠路微香趁馬。

✍　　**註：**詞意乃寫詞人騎馬遠行，見江畔渡頭朦朧，寒梅棲鳳，
　　　疏影橫斜，梅香暗送，景色迷濛的情況。

和二王人甫回環韻〈浣溪紗〉　　毛奇齡

　陰柳垂庭山枕斜，禽鳴自上檻邊花，深屏午夢隔窗紗。
　甕啟冰牙蛆瀉酒，襟披雪眼蟹瀠茶，臨妝晚掃淡黃鴉。
倒讀為：
　斜枕山庭垂柳陰，花邊檻上自鳴禽，紗窗隔夢午屏深。
　酒瀉蛆牙冰啟甕，茶瀠蟹眼雪披襟，鴉黃淡掃晚妝臨。

✍　　**註：**其讀法句子不動，同句倒讀，則成為另一闕詞。

寄情〈虞美人〉　　王齊愈

　黃金柳嫩搖絲軟，永日堂空掩。
　捲簾飛燕未歸來，客去醉眠欹枕、瀰殘杯。
　眉山淺拂青螺黛，整整垂雙帶。
　水沉香熨窄衫輕，瑩玉碧溪春溜、眼波橫。
倒讀為：
　橫波眼溜春溪碧，玉瑩輕衫窄。
　熨香沉水帶雙垂，整整黛螺青拂、淺山眉。
　杯殘瀰枕欹眠醉，去客來歸未？
　燕飛簾捲掩空堂，日永軟絲搖嫩、柳金黃。

✍　　**註：**詞寫一女子思念前晚歡聚後離開的情人，因酒多倚枕

醉。次日酒醒遲起，在整妝時仍懸念情人已否還家，情緣
欲斷還連之態。本迴文詞，從最後一字倒讀，難度較高。

元夕〈阮郎歸〉　　　　梅窗之

皇都新景媚晴春，春晴媚景新。
萬家明月醉風清，清風醉月明。
人遊樂，樂遊人，遊人樂太平。
御樓明聖喜都民，民都喜聖明。

✍　**註：** 此詞描寫元宵節，君民同樂的盛世景色。

合歡迎送〈菩薩蠻〉　　　　卓人月

春宵半吐蟾痕碧，斜窺愁臉如相憶。空捻兩三弦，朱
扇寞寂然。
依期踐郎約，悄步人疑鶴，小舒輕霧紗，收袂蘸紅霞。
（寫等待之情景）

倒讀為：

霞紅蘸袂收紗霧，輕舒小鶴疑人步，悄約踐郎期，依
然寂寞扇。
朱弦三兩捻，空憶相如臉，愁窺斜碧痕，蟾吐半宵春。
（寫依郎約前來，歡敘後，又悄然而別，郎去門空。）

✍　**註：** 上詞格式與蘇軾、朱熹所作全然不同。讀法改變句式
韻腳，從最後一字起倒讀，其巧妙處為，順讀時為「迎詞」，

倒讀時為「送詞」，詞意不同，可謂匠心獨具。

雪江晴月 董以寧

明月淡飛瓊，陰雲薄中酒。收盡盈盈舞絮飄，點點
輕鷗咒。

晴浦晚風寒，青山玉骨瘦。回看亭亭雪映窗，淡淡
煙垂岫。

倒讀為：

岫垂煙淡淡，窗映雪亭亭。看回瘦骨玉山青，寒風
晚浦晴。

咒鷗輕點點，飄絮舞盈盈，盡收酒中薄雲陰，瓊飛
淡月明。

✎ **註：** 上詞順讀時，將平仄韻腳改動後，卻變成〈巫山一片
雲〉詞，其奇妙之筆，實屬罕見。

寄懷索窗陳妹〈虞美人〉

秋聲幾陣連飛雁，夢斷隨腸斷，欲將愁怨賦歌詩，
疊疊竹桐移影，月遲遲。

樓高倚望長離別，葉落寒陰結。冷風留得未殘燈，
靜夜幽庭小掩，半窗明。

倒讀為：

明窗半掩小庭幽，夜靜燈殘未得留；

風冷結陰寒落葉，別離長望倚高樓。

遲遲月影移桐竹，疊疊詩歌賦怨愁；

將欲斷腸隨斷夢，雁飛連陣幾聲秋。

✍ **註：** 此詞係清朝一位女詩人所作。它比以上更奇妙的是，它
順讀為詞，倒讀時則更成七律一首。中國文字，嘆為觀止。

迴文詩聯　　　　　　　　　　　蘇東坡

春晚落葉餘碧草，夜涼低月伴梧桐。

人隨遠雁邊城暮，雨映疏簾繡閣空。

潮回暗浪雪山傾，遠浦魚舟釣月明；

橋對寺門松徑小，檻當泉眼石波清。

迢迢綠樹江天曉，靄靄紅霞海日晴；

遙望四邊云接水，碧峰千點數鷗輕。

✍ **註：** 以上兩首詩均為順讀，倒讀時都是對仗工整的詩聯。
讀之，令人拍案稱奇。

改詩借詩及怪體詩

行酒令（改唐詩）

例：少小離家老二回。（令官問）

　　問：何以非老大？

　　答：老大嫁作商人婦。

二、父老相見不相識。

　　問：何以非兒童？

　　答：去日兒童皆父老。

三、劉娘不敢提糕字。

　　問：何以非劉郎？

　　答：小姑居處本無郎。

四、妝罷低聲問小姑。

　　問：何以非夫婿？

　　答：自家夫婿無消息。

五、塞外路人聞馬嘶。

　　問：何以非蕭郎？

　　答：從此蕭郎是路人。

六、眾女同日詠霓裳。

　　問：何以非眾仙？

　　答：只羨鴛鴦不羨仙。

七、十分春意到花間。

　　問：何以非春色？

　　答：春色滿園關不住。

八、神面桃花相映紅。

　　問：何以非人面？

答：人面不知何處去。

另：樓上花枝笑獨吟。

問：何以非獨眠？

答：孤燈挑盡未成眠。

顛倒酒令

開首二字要正反對立，形彼實此，顛倒互換，並各以一句詩詞協韻，以闡發本意。依座次而行，不成者罰酒。是時，由蘇東坡先起令，座客均為文壇高手，令完，竟無一人受罰，現摘令語如下：

閑似忙，蜂蝶紛紛過短牆；

忙似閑，白鷗餓時立淺灘。

來似去，潮翻巨浪還復去；

去似來，躍馬翻身射箭回。

動似靜，萬傾碧潭呈寶鏡；

靜似動，長橋影隨酒旗送。

難似易，百尺竿頭呈巧藝；

易似難，送友臨岐話別間。

悲似樂，送喪之家喧鼓樂；

樂似悲，嫁女離家日日啼。

有似無，仙子乘風遊太虛；

無似有，掏水分明月在手。

貧似富，梢水滿船金玉渡；

富似貧，石崇穿得敝衣行。

重似輕，重斛雲帆一霎輕；

輕似重，柳絮紛紛鋪畫棟。

變調的唐詩

其一

黃河遠上，白雲一片。

孤城萬仞山，羌迪何須怨。

楊柳春風，不度玉門關。

✎ **註：**相傳清朝皇帝乾隆，有一天要紀曉嵐寫一首唐詩，紀提筆將王之渙的〈涼州詞〉一揮而就。王之渙的詩為：「黃河遠上白雲間，一片孤城萬仞山。羌迪何須怨楊柳，春風不度玉門關。」紀一時疏忽，漏寫了「間」字，被皇帝指了出來。紀急中生智，回乾隆道：「臣所書為變調的唐詩。」並隨即唸出上詞。皇帝知道紀在掩蓋自己的失誤，但改變後的詩句，不僅沒有失去原詩的意境，且更增強了蒼涼的韻味，暗中讚賞他的急智。

其二

花開紅樹亂，鶯啼草長。

平湖白鷺飛風日，晴和人意好。

夕陽、蕭鼓幾船？

✍　*註：* 詩人徐元杰的〈湖上〉七言絕句為：「花開紅樹亂鶯
啼，草長平湖白鷺飛。風日晴和人意好，夕陽簫鼓幾船
歸？」某人在讀寫時，因紙張不夠，無法把最後一個字「歸」
寫上，他便把它讀成長短句如上。改變後的句子，也別有
風味。

其三

渭城朝雨，一霎浥輕塵，更灑遍客舍青青。
弄柔凝，千縷柳色新，更灑遍客舍青青。
休煩惱，勸君更盡一杯酒，人生會少，
自古富貴功名有定分，莫遣容以受損。
休煩惱，勸君更盡一杯酒。
只恐怕西出陽關，舊遊如夢，眼前無故人！

✍　*註：* 唐代詩人王維〈送元二使安西〉為：「渭城朝雨浥輕塵，
客舍青青柳色新。勸君更盡一杯酒，西出陽關無故人。」
唐代後期，即已被譜入樂曲，於送別時傳唱，稱為〈陽關
曲〉，或者〈渭城曲〉，以後又譜成〈陽關三疊〉，上詞即是
唐詩改為元曲的變調。

其四

清明時節雨，紛紛路上行人，欲斷魂。
借問酒家何處？有牧童遙指，杏花村。

✍　**註：** 唐代詩人杜牧的〈清明〉：「清明時節雨紛紛，路上行
人欲斷魂。借問酒家何處有？牧童遙指杏花村。」有人把
它改成上述的一首詞，斷句在「酒家何處」和「牧童遙指」，
似較原詩平鋪直敘，多了起伏的趣味，有人還把它改成微
型短劇，亦附下供欣賞：

清明時節，雨紛紛。

路上，

行人：（欲斷魂）借問，酒家何處有？

牧童：（遙指）杏花村。

詩句重組

原王昌齡〈芙蓉樓送辛漸〉的詩為：

　　　寒雨連江夜入吳，平明送客楚山孤。

　　　洛陽親友如相問，一片冰心在玉壺。

有人以〈遙送吳佩孚解甲後經鄂入蜀〉重組上詩：

　　　一片冰心在玉壺，平明送客楚山孤。

　　　洛陽親友如相問，寒雨連江夜入吳。

✍　**註：** 詩句重組後，人們的心情、氣氛就完全不一樣了。

中國詩的七巧板結構

　　杜甫有一首〈日暮〉五律，其中第五、六句是：「石泉
流暗壁，草露滴秋根。」有人像方塊字積木一樣，把它堆

砌起來，就變成許多美妙的花樣，如：

>暗泉流石壁，秋露滴草根。
>
>流泉石壁暗，滴露草根秋。
>
>石壁流泉暗，草根滴露秋。
>
>草露秋根滴，石泉暗壁流。
>
>草根秋露滴，石壁暗泉流。
>
>泉流暗石壁，露滴秋草根。
>
>泉流石壁暗，露滴草根秋。
>
>秋露草根滴，暗泉石壁流。

✍ **註：**它們同時描寫景物，詩意盎然。

藏頭詩

>李白詩名傳千古，調奇律雅格尤高。
>
>元明多少風騷客，也為斯人盡折腰。

✍ **註：**四句頭一個字連起來是「李調元也」，這是他以詩留名。

對偶絕句

一、絕句　　　　　　　　　　　　　　　杜甫

>兩個黃鸝鳴翠柳，一行白鷺上青天。
>
>窗含西嶺千秋雪，門泊東吳萬里船。

二、勤政樓西老柳　　　　　　　　　　　白居易

半朽臨風樹，多情立馬人。　開元一支柳，長慶二年春。

三、登鸛鵲樓　　　　　　　　　　　　　王之渙

白日依山盡，黃河入海流。欲窮千里目，更上一層樓。

四、夜遊靈隱寺　　　　　　　　　　　　宋之問

鷲嶺鬱岹嶢，龍宮隱寂寥。（宋詠至此，難覓下句。）
樓觀滄海日，門對浙江潮。（忽一寺僧續吟，傳僧即駱賓王。）

怪詩──詩

春民不覺曉，	眠無目
處處門啼鳥；	聞無耳
夜木風雨聲，	來無人
花落矢多少？	知無口

怪詩

廳釘掛景春，（廳上釘子掛著一幅春錦圖）
梅壺濺衣新，（小梅用壺倒茶，濺濕了自己的新衣）
內耳環金假，（父親給我妻子戴的耳環是假的）
況妻頂簪真。（況為三兄，兄妻為嫂，三位嫂嫂頭上簪是真金）
✍　　**註**：此詩是幼子怨父待媳有厚薄之意。

三五七言詩　登黃山感賦　　　楊崇幹

山外山

彎內彎

五海無魚游

四季有鳥還

相思相見難期許

此時此地徒汗顏

> ✍ **註：**「三五七言詩」相傳由李白所創，此詩指黃山不僅山
> 外有山彎內有彎，所謂海乃集雲霧所成，五海指東南西北
> 和天海，此海中無魚。

賞心樂事　　　明／張晉濤

月

秋月

聞遠笛

不速之客

花開值佳節

四周新綠周密

煙波細雨橫舟楫

燈火迷離笙歌不絕

故有談心言語多直率

結伴離家任我山川浪跡

  ✍ **註：**用一個字至十個字寶塔式排列，數出最愛的事，還加
上韻腳，共計十愛。

借詩

其一：臨江仙　　　　　　　　北宋／晏殊借唐翁宏詩

    夢後樓臺高鎖，酒醒簾幕低垂。

    去年春恨卻來時。

    花落人獨立，微雨燕雙飛。

    記得小蘋初見，兩重心字羅衣，琵琶弦上說相思。

    當時明月在，曾照彩雲歸。

  ✍ **註：**北宋詞人晏殊，在上詞中借用了唐代翁宏在〈春殘〉
中「花落人獨立，微雨燕雙飛。」的詩句。

    此外，唐李賀的詩句「天若有情天亦老，月如無恨月
常圓。」亦被毛澤東用來：「天若有情天亦老，人間正道是
滄桑。」

其二：解縉借李白詩

      君王勒馬要詩篇，李白詩中借一聯。

      金勒馬嘶芳草地，玉樓人醉杏花天。

  ✍ **註：**在一個春暖花開的日子，明太祖帶著解縉到郊外去春
遊踏青。走到一個芳草如茵的原野上，下了馬，勒著馬韁，
叫解縉作詩。才思敏捷的解縉，很快詠出了上詩，使龍顏

大悅。但後來因諫明太祖殺戮太多，遭罷官八年，到成祖時才再被起用。後又因策立太子時，得罪了次子朱高煦，被貶、被捕、被灌醉後，埋於積雪中凍死。這位十九歲考中進士的大才子，在四十七歲時，就被過早地結束了他的一生。

魯肅以詩息干戈

三國的周瑜自恃才高，在一次有魯肅、諸葛亮參加的共商破曹的座談會上，想借機戲弄諸葛亮，遂吟詩曰：

有水也是溪，無水也是奚，去掉溪邊水，加鳥變成鷄。

得志貓兒兇過虎，落毛鳳凰不如鷄。

諸葛亮聽後，也吟詩一首曰：

有木也是棋，無木也是其，去掉棋邊木，加欠便成欺。

龍游淺水遭蝦戲，虎落平陽被犬欺。

魯肅見氣氛不對，便勸吟道：

有水也是湘，無水也是相，去掉湘邊水，加雨便成霜。

好話一句三冬暖，惡語傷人六月霜。

周瑜不願錯過良機，於是又吟道：

有目也是瞅，無目也是丑，去掉瞅邊目，加女便成妞。

隆中女子生得醜，百里難挑一個妞。

諸葛亮知道周瑜在諷刺自己妻子長得醜，便壓住氣，微笑吟道：

有木也是橋，無木也是喬，去掉橋邊木，加女便成嬌。

江東美女數二喬，難擄銅雀不鎖嬌。

周瑜本想再戲孔明（即諸葛亮），被魯肅即時和詩，以息舌戰，魯肅和詩道：

有木也是槽，無木也是曹，去掉槽邊木，加米便成糟。

今日之事在破曹，龍虎相殘大事糟。

經過魯肅的勸說，二人又暫和好，共謀大事。在赤壁之戰中，以少勝多，奠立了三國鼎立的局面。

✍ **註：** "好話一句三冬暖，惡語傷人六月霜" 兩句，原稿缺；請教〈中華之聲〉巴山董事長，他與台灣相聲大師吳兆南先生共同組成。待原句獲得後，再完璧歸趙。

成語篇

覆水難收

據《增廣分門類林雜記》：太公姓姜名子牙，東海人。年十八娶馬氏為妻。太公但讀書，不事產業，甚貧。馬氏見其如此，求去。太公避之，隱市賣漿，值天太涼；既而販麵，又值大風起；遂屠牛，又值天太熱。幾往不遇，遂改向渭水釣魚。年八十，值文王出獵，文王問曰：「君既年老無妻子，而獨在此釣魚。」公曰：「不憂年老無子，唯憂天下無主。」文王曰：「紂為天子，何言無主？」太公曰：「人主養民，紂為淫虐，何主之有！」文王知其賢，輿載而歸，以師事之。文王崩，武王伐紂，定天下，封太公為齊侯。太公適齊，於路見婦人啼泣。太公問曰：「何泣？」婦人曰：「妾聞前夫封侯，故追悔而泣。」太公問曰：「前夫是誰？」婦人曰：「姓姜名子牙。」公曰：「是我也。」婦人喜，再拜，欲求再合，公曰：「可」，取一盆水傾於地，令婦人取水，唯得少泥。公乃作詩曰：

兩目知人意，雙眉又解愁；若言離更合，覆水定難收。

婦人抱恨而死，今有馬母塚。

一日不見，如隔三秋

《詩經》〈王風采葛〉：

彼采蕭兮，一日不見，如三秋兮。

傾城傾國

李延年在漢武帝前唱道：

　　北方有佳人，絕世而獨立，

　　一見傾人城，再見傾人國。

　　寧不知傾城與傾國，佳人難再得。

節氣詩

　　春雨驚春清谷天，夏滿芒夏暑相連；

　　秋處露秋寒霜降，冬雪雪冬小大寒。

✍　**註：**此詩代表著：立春、雨水、驚蟄、春分、清明、谷雨、
立夏、小滿、芒種、夏至、小暑、大暑、立秋、處暑、白
露、秋分、寒露、霜降、立冬、小雪、大雪、冬至、小寒、
大寒等二十四個節氣。

中國朝代歌

　　唐堯虞舜夏商周，春秋戰國亂悠悠。

　　秦漢三國晉統一，南朝北朝是對頭。

　　隋唐五代又十國，宋明元清帝王休。

枯藤老樹昏鴉〈天淨沙〉　　馬致遠

枯藤老樹昏鴉

小橋流水平沙

古道西風瘦馬

斷腸人在天涯

✎ **註：**本曲 24 字中，20 個全是名詞。

侯門深似海〈憶女友〉 唐／崔郊

公子王孫逐後塵，綠珠垂淚滴羅巾。

侯門一入深似海，從此蕭郎是路人。

✎ **註：**詩人的女友落入官宦人家，詩人用「含而不露，怨而不怒」，委婉的潑墨渲染，哀怨、絕望、柔雜的手法，迎得人們的憐愛，終於感動了官家，領回了戀人。由於《全唐詩》中，僅收作者一首，因之，詩壇留名；而且還是「侯門深似海」這一成語的出典。

紅杏出牆 宋／葉紹翁

應嫌屐齒印蒼苔，十叩柴扉九不開；

春色滿園關不住，一枝紅杏出牆來。

滿城風雨 宋／潘大臨

滿城風雨近重陽

✎ **註：**詩人家貧，在重陽節將臨，詩興大發。提筆寫完上句時，突然催債人至，打斷了他的思維；待債主走他的詩興也隨之而走，但此句「滿城風雨」卻成了該成語的出處。

人比黃花瘦〈醉花陰〉　　　　李清照

薄霧濃雲愁永晝，瑞腦噴金獸。

佳節又重陽，寶枕紗廚，半夜涼初透。

東籬把酒黃昏後，有暗香盈袖。

莫道不消魂，簾捲西風，人比黃花瘦。

上有天堂，下有蘇杭〈詠西湖〉元／奧敦周

西湖煙水茫茫

百頃風潭，十里荷香。

宜雨宜晴，宜西施淡抹濃妝。

尾尾相銜畫舫，盡歡聲無日不笙簧。

春暖花香，歲稔時康。

真乃上有天堂，下有蘇杭。

今譯

西湖百頃水潭，景色佳麗，秀色可餐。

有十里荷花溢香，晴觀水色雨觀煙。

像美女西施一樣，它濃妝淡抹都好看。

湖中畫舫首尾相接，整日裡歡聲喜樂遊人不斷。

在這裡：四季如春，鮮花爭豔；吃穿不愁，萬
事如願。

真正是：上有幸福的天堂，下有美麗的蘇杭。

✍　　**註：**杭州以西湖聞名於世，西湖又以水色秀美的魅力吸引
　　著遊人。晴天它天光水色，如圖如畫；雨天它空濛霧翳，

如詩如謎。一年四季，景色迷人；春柳夏荷秋桂冬梅，引人入勝。最好兩句：「上有天堂，下有蘇杭」，精確傳神，人們千百年來口耳相傳。

成語妙聯

瓜熟蒂落，水到渠成；守株待兔，緣木求魚；
牽腸掛肚，提心吊膽；苦中作樂，忙裡偷閒；
革故鼎新，激濁揚清；精衛填海，愚公移山；
臥薪嚐膽，破釜沈舟；棄暗投明，改邪歸正；
看風使舵，順水推舟；卸磨殺驢，過河拆橋；
繩鋸木斷，水滴石穿；開門揖盜，引狼入室；
狗仗人勢，狐假虎威；色屬內荏，外強中乾；
胸有成竹，目無全牛；望梅止渴，畫餅充飢；
繼往開來，承先啟後；留芳百世，遺臭萬年；
錦上添花，雪中送炭；笨嘴拙舌，伶牙利齒；
精雕細刻，粗製濫造；指鹿為馬，點石成金；
山珍海味，粗茶淡飯；井然有序，雜亂無章；
危如累卵，固若金湯。

疾風知勁草 　　　　　　　　　唐／李世民

疾風知勁草，板蕩識忠臣；勇夫安識義？智者必懷仁。

✍ **註：** 李世民即唐太宗，係唐代第二位君主，唐高祖李淵的次子，聰明英武。在位期間，文治武功並盛，世稱貞觀之治。

其詩：「疾風知勁草，板蕩識忠臣；」是傳誦千古的名句。後人常引用這兩句，來比喻在危難中，最可以看出一個人品格的高下；亦可用來讚揚忠貞志士的浩然氣節和偉大情操。

蜉蝣撼樹 　　　　　　　唐／韓愈

李杜文章在，光燄萬丈長。不知群兒愚，那用故謗傷？蜉蝣撼大樹，可笑不自量。

✍ **註：** 本詩是節錄韓愈〈調張籍〉的詩。詩人讚美李白、杜甫在詩歌文學方面的偉大成就；同時也批評了一些無知的後生，對李、杜的誹謗。比喻他們像大螞蟻一樣，枉想撼動大樹，是可笑不自量力。後人引用「蜉蝣撼樹」，來嘲笑那些狂妄驕橫，不自量力的小丑式人物，進行根本無法得逞的陰謀詭計。

春蠶到死絲方盡 　　　　　唐／李商隱

相見時難別亦難，東風無力百花殘；春蠶到死絲方盡，蠟炬成灰淚始乾；

曉鏡但愁雲鬢改，夜吟應覺月光寒；蓬山此去無多路，青鳥殷勤為探看。

✍ **註：** 李商隱留給後人有五百七十餘首詩，其中有〈無題〉詩七十首。本詩也是詩意隱誨朦朧，啟神思幻想的〈無題〉詩之一。總括李詩的風格有三：一、長於比喻，如本詩，就好像蠶兒吐絲一樣，一定要到蠶兒死了，才不會再吐絲；

相思的眼淚，也是要等生命結束時才會停止。道盡了相思
之苦；二、善於用典，如「嫦娥應悔偷靈藥，碧海青天夜
夜心」；三、詞句清麗，如「何當共剪西窗燭，卻話巴山夜
雨時」。

後人常用「春蠶到死絲方盡，蠟炬成灰淚始乾」這兩
句詩，來表達至死方休的堅貞愛情；也可引用來形容對子
女、親友或國家的終生奉獻。我在引用本詩時，往往有意
地把「死」字誤寫成「老」，因為蠶兒是變態生殖，蠶老後
變為蛹，脫蛹而出變成蛾，蛾再產卵，卵孵化為小蠶。「三
句話不離本行」，我是不應該把生物學硬套在文字方面。譬
如「白髮三千丈」、「飛流直下三千尺，疑是銀河落九天」，
均是詩人豪放不羈的胸襟，和瀟灑自如地，運用高度誇張
的藝術手法，來形容自己深長的離愁；和豪放奔騰；氣象
萬千的自然景象，會帶給人們美妙的享受，如果你去搬弄
數學啦、工程啦，那將在藝術情景方面大煞風景！戒之！

海內存知己　　　　　　　　王勃

城闕輔三秦，風煙望五津。與君離別意，同是宦遊人。
海內存知己，天涯若比鄰。無為在歧路，兒女共沾巾。

    註：本詩是王勃〈送杜少府之任蜀州〉。詩人的原意是：四
海之內有知己的朋友，雖然遠在天邊，但卻像近鄰一樣，
並不疏遠。不要因為即將分離，就為兒女之情，而傷心落
淚。後人常引用「海內存知己，天涯若比鄰。」兩句詩，
來指人們在世界任何地方，都有知心朋友的存在。現在，

交通方便，通訊發達，雖然遠隔重洋，就像一個地球村一樣的近鄰和親近。

抽刀斷水水更流　　　　　李白

　棄我去者、昨日之日不可留；

　亂我心者、今日之日多煩憂。

　長風萬里送秋雁，對此可以酣高樓。

　蓬萊文章建安骨，中間小謝又清發。

　俱懷逸興壯思飛，欲上青天覽日月。

　抽刀斷水水更流，舉杯消愁愁更愁。

　人生在世不稱意，明朝散髮弄扁舟。

✍ **註：**詩人李白藉〈宣州謝朓樓餞別校書叔雲〉所寫的這首詩，深刻地抒寫自己懷才不遇的苦悶。詩意豪邁，語氣慷慨激昂。後人經常引用「抽刀斷水水更流，舉杯消愁愁更愁。」來表達自己的滿懷失意與愁悶，無以解脫的情形。

為誰辛苦為誰忙　　　　　羅隱

　不論平地與山頭，無限風光盡被佔；

　　採得百花成蜜後，為誰辛苦為誰甜？

✍ **註：**本詩是羅隱詠〈蜂〉，詩人隱藉蜜蜂採花成蜜以後，全部被人們拿走了，來比喻農民終年辛苦的成果，慘遭剝削的情況。《紅樓夢》裡，王熙鳳的〈衣錦還鄉〉的詩為：「去國離鄉二十年，於今衣錦返家園；蜂彩百花成蜜後，為誰

辛苦為誰甜？」以描述她終年奔波，到底是在為誰辛苦，
為誰把蜜釀製呢？後人多改成「為誰辛苦為誰忙」，用來形
容自己的心血付諸流水，或用來形容，原來是滿懷希望，
結果卻一事無成。

老驥伏櫪 　　　　　曹操

老驥伏櫪，志在千里；烈士暮年，壯心不已。

✎ **註：** 曹操〈步出夏門外〉詩的「老驥伏櫪，志在千里」是
說老了的良馬，雖被關在馬圈裡，仍舊想著去跑千里的道
路；比喻有志的人，雖然年老，仍有雄心壯志。

後生可畏 　　　　　李白

大鵬一日同風起，扶搖直上九萬里。
假令風歇時下來，猶能簸卻滄溟水。
時人見我恆殊調，見余大言皆冷笑。
宣父猶能畏後生，丈夫未可輕年少。

✎ **註：** 李白〈上李邕〉詩中，宣父指孔夫子。「宣父猶能畏後
生，丈夫未可輕年少。」是指李白認為：連聖人孔子都說
過：「後生可畏」這句話，而你們這些大人們，竟任意輕視
年輕人；儘管我現在失意沉默，又怎知他日就無法飛黃騰
達呢？詩人用來表達內心的不平情緒。後人就把「後生可
畏」用來對年輕一代的重視。

翻手為雲覆手為雨　　　杜甫

翻手為雲覆手為雨，紛紛輕薄何須數。

君不見管鮑貧時交，此道今人棄如土。

✍　**註**：「翻手為雲，覆手為雨」往往用來形容興風作浪，顛倒是非的情形。

前無古人，後無來者　　　陳子昂

前不見古人，後不見來者。

念天地之悠悠，獨愴然而涕下。

✍　**註**：本詩是陳子昂〈登幽州台歌〉。「前不見古人，後不見來者。」常被後人簡化成「前無古人，後無來者。」是表示空前絕後的意思。

此生何處不相逢　　　杜牧

鴛鴦帳裡暖芙蓉，低泣關山幾萬重。

明鏡半邊釵一股，此生何處不相逢？

✍　**註**：這首是杜牧〈送人〉的詩，描寫朋友相互離別時的傷痛心情。「此生何處不相逢」常被改為「人生何處不相逢」。又可引用來警戒人們，凡事不要做得太過火，因為說不定什麼時候又會見面呢？！

69

捲土重來 杜牧

　　勝敗兵家事不期，包羞忍恥是男兒；

　　江東子弟多才俊，捲土重來未可知。

✍　**註：**詩人杜牧〈題烏江亭〉。

神童篇

以方、圓、動、靜為題　　　李泌

　　唐朝李泌七歲時在宰相張說和皇帝唐玄宗下棋時，叫張說以寫實寫：方如棋局，圓如棋子，動如棋生，靜如棋死。

　　張說要七歲的李泌以虛寫的手法寫方、圓、動、靜，李泌成詩：方如行義，圓如用智。動如逞才，靜如遂志。

應試習作　　　白居易

白居易十六歲的應試習作＜賦得古原草送別＞：

離離原上草，一歲一枯榮。野火燒不盡，春風吹又生。
遠芳侵古道，晴翠接荒城。又送王孫去，萋萋滿別情。

即景　　　章太炎

章太炎在六歲時作的即景詩如下：

天上雷陣陣，地下雨傾盆；籠中雞閉戶，室外犬管門。

我本南山鳳　　　莫宣卿

莫宣卿七歲時，被村童欺侮，當即用竹枝在沙灘上寫道：

我本南山鳳，豈同凡鳥群。英俊天下有，誰能佐聖君。

江邊柳　　　　　　　　　魚幼薇

溫庭筠命題＜江邊柳＞讓十歲的魚幼薇作：

翠色連荒岸，煙姿入遠樓；影鋪春水面，花落釣人頭。
根老藏魚窟，枝底繫客舟；蕭蕭風雨夜，驚夢復添愁。

詠鵝　　　　　　　　　　駱賓王

駱賓王七歲時〈詠鵝〉詩：

鵝、鵝、鵝，曲頸向天歌。白毛浮綠水，紅掌撥清波。

華裙織翠青如蔥　　　　　李賀

李賀七歲時當場應韓愈、皇甫湜所作：

華裙織翠青如蔥，金鐶壓轡搖玲瓏。馬蹄隱耳聲隆隆，
入門下馬氣如虹。

無題　　　　　　　　　　吳斌

拉開窗簾，陽光只有一種顏色
不論你喜歡
赤橙黃綠青藍紫
當然情感無罪
但它好像變色墨境
把整個世界

染得非喜即愁

把所有面孔扭曲　給你看

於是無知的你伸出指頭「這個醜，那個美」

別總給理智放假

如果感情像霧

那麼當心它遮住了　真理的彼岸

如果感情像月亮

那麼要知道　它剽竊不了太陽的光線

不是說感情總在欺騙

只是它總有失真的一面

時常擦拭你的雙眼　別讓理智離開你的身邊

拉開窗簾

你是否看得清暗礁

如果是

那麼撐起帆

起風了，你看那是岸

✍　**註：**你聽說過高考作文得滿分嗎？上詩是陝西考生吳斌在幾百萬考生中讀得滿分的試卷。

婚配諧詩

完婚詩 胡適

記得那年，你家辦了嫁妝，我家備了新房，

只不曾捉到我這個新郎；

這十年來，換幾朝帝王，看了多少興亡，

鏽了你嫁奩中剪刀，

改了你多少嫁衣新樣，

更老了你和我人兒一雙。

只有那十年的陳爆竹，

越陳便越響。

✎ **註：**胡適十四歲，尊母命與江冬秀訂婚，直至二十七歲，
從美國回國，被北京大學聘做教授才完婚。為此，他風趣
地作了一首完婚詩。

贈翁帆 楊振寧

沒有心機而又體貼人意，

勇敢好奇而又輕盈靈巧，

生氣勃勃而又可愛俏皮，

是的，永恆的青春。

✎ **註：**這是諾貝爾物理獎得主，現北京清華大學教授，82 歲
的楊振寧，寫給 28 歲的翁帆的一首詩。他們倆人在 1993
年夏天，於汕頭大學相遇。楊的夫人杜致遠（蔣介石的愛
將杜聿明將軍的女兒）於 2003 年病逝。他們於 2004 年 11
月 5 日訂婚，並於 2005 年春登記結婚。

關於他們的婚姻，有貶有讚。楊的一位物理學家朋友，在給楊的信中舉出：西班牙大提琴家卡薩爾斯，81 歲時和他的 21 歲學生結婚，作為對楊的祝福。

關於老夫少妻的例子，屢見不鮮。魯迅於 1923 年認識了小他 18 歲的許廣平；在文學理念上與魯迅針鋒相對，但在戀愛觀方面卻與魯迅「志同道合」。梁實秋寫了上千封信給比他小 30 歲的韓菁菁，兩人於 1975 年 5 月 9 日結婚；和梁實秋交情不錯的台灣文豪李敖，他和現任妻子「小屯」之間的年齡差距為 29 歲，兩人戀愛八年，結婚十二年，至今婚姻美滿；而作家柏楊於 1978 年娶了比他小 20 歲的女詩人張春華；國學大師錢穆 1956 年在香港和學生胡美琦結婚時，他 62 歲，她 20 多歲，兩人年齡相差了 30 多歲；武俠小說家金庸的現任妻子林樂怡比金庸小 26 歲；香港才子商人，中國政協副主席安子介比他現任妻子鄭惠榮大 51 歲。但是安子介在華人名人圈裡，保持的老夫少妻的年齡差「紀錄」，在年齡相差 54 歲的楊振寧和翁帆正式結婚後被刷新。

贈內　　　　　　　　　　　　　　　李白

三百六十日，日日醉如泥。雖為李白婦，何異太常妻。

✍ **註：** 東漢周澤做祭官（太常），為了工作，竟把來看他的妻子治罪。

自代內贈　　　　　　　　李白

妾似井底桃，開花向誰笑。君如天上月，不肯一迴照。
窺鏡不自識，別多憔悴深。安得秦吉了，為人道寸心。

✍　**註：** 秦吉了，學名「鷯哥」，是一種馴養後會學說話的鳥。

一妻子賀其夫納妾

恭喜郎君又有她，從今洗手不當家。
開門諸事都交付，柴米油鹽醬與茶。

✍　**註：** 開門七件事，她交了六件，唯獨沒有把「醋」交出來。

無字家書

碧紗窗下啟緘封，一紙從頭徹底空。
知汝欲歸情意切，相思盡在不言中。

✍　**註：** 一書生在外，因在急忙中誤把白紙代信發出，其妻接
到家書後，寫出上詩，以示自己的感想。

感懷《釵頭鳳》　　　　　陸游

紅酥手，黃縢酒，滿城春色宮牆柳。
東風惡，歡情薄。一懷愁緒，幾年離索。錯！錯！錯！
春如舊，人空瘦，淚痕紅浥鮫綃透。
桃花落，閒池閣。山盟雖在，錦書難托。莫！莫！莫！

和「感懷」詩〈釵頭鳳〉　　　唐琬

世情薄，人情惡，雨送黃昏花易落。

曉風乾，淚痕殘，欲箋心事，獨語斜欄。難！難！難！

人成各，今非昨，病魂曾似秋千索。

角聲寒，夜闌珊。怕人尋問，咽淚裝歡。瞞！瞞！瞞！

註： 陸游年幼失怙，母子相依為命，「戀母」與「戀子」情
結自然產生。陸二十歲時，與麗質、聰慧、通文詞的表妹
唐琬合巹。夫妻情投意合，使陸母難以忍受，迫使陸與唐
分離，另娶王氏；唐改嫁趙氏。但他們的愛情，銘心刻骨，
始終不渝。1153 年春天，陸游在紹興沈園，恰與唐及其後
夫趙士程相遇。唐遣人送酒餚向陸游致意。陸滿懷傷感，
提筆在園壁上賦〈釵頭鳳〉如上，唐讀後，揮淚和詞一首，
不久便鬱鬱而死。此後，陸游曾多次重遊與唐琬首次和最
後一次相遇之地，寫下：「壞壁醉題塵漠漠，斷雲幽夢了茫
茫」，「玉骨久成泉下土，墨痕猶鎖壁間塵」。直至臨終前一
年，八十四歲的陸游，還春遊沈園，來悼念唐琬。他說：「也
信美人終作土，不堪幽夢太匆匆。」真是：「癡情男兒一放
翁」啊！

徵婚七律

千里來媒意不顛，欲把文字結婚緣。

抽針待繡雙飛鳥，握筆思描并蒂蓮。

身節敢誇同月潔，心芳還喜比金堅。

無端愛讀唐人句，只選鴛鴦不選仙。

✍ **註**：上詩是廣東嘉應黃曉霞的徵婚七律（一說是王季嬌）。

應徵詩

讀罷君詩喜欲顛，忙將拙筆試良緣。
初驚雅賦真如玉，更愛芳心堪比蓮。
何必當年方協洽，勿勞舉案亦情堅。
此生得一知己足，不拜金錢不拜仙。

✍ **註**：應徵詩為汕尾市一青年所寄。

奉和徵婚詩　　　　　　　　黃茅

橐筆生涯不計年，無從文字結良緣。
邯鄲道士空傳夢，南海觀音不寄蓮。
擒虎雖輸武老二，吟詩不羨黃庭堅。
只因讀罷謝家賦，聊為長吟效謫仙。

✍ **註**：自 1985 年初《梅江報》登出王秀嬌（一說是黃曉霞）的應徵詩以後，至該年四月下旬，她便收到應徵詩和和詩三千多首，均請報社處理。當時她已讀了三分之一，記者問她有無選中，她笑說：無可奉告！

寂寞少婦應訊詩詞

某婦，丈夫長期工作在外，因不甘寂寞，另交男友。

提訊時，以宋詞為答；有人又另集唐詩和，一併列出。

官：你家住何處？

婦：妾住在橫塘。（崔顥長干行）

　　我住長江頭。（李之儀卜算子）

官：新婚之夜，可曾洞房？

婦：駕長車踏破賀蘭山缺。（岳飛，滿江紅）

　　花徑不曾緣客掃，蓬門今始為君開（杜甫，客至）

官：婚後夫君如何？

婦：長是人千里。（范仲淹，御街行）

　　嫁得瞿塘賈，朝朝誤妾期。（李益，江南曲）

官：妳後悔嗎？

婦：悔當初不把雕鞍鎖。（柳永，定風波）

　　忽見陌頭楊柳色，悔教夫婿覓封侯。（王昌齡，閨怨）

官：那時感情如何？

婦：兩情若是長久時，又豈在朝朝暮暮。（秦觀，鵲橋仙）

　　兩小無嫌猜。（李白，長干行）

官：是真的嗎？

婦：我見青山多嫵媚，料青山，見我應如是。（辛棄疾，

　　賀新郎）

曾經滄海難為水，除卻巫山不是雲。（元稹，離思）

官：妳夫離家後，境況如何？

婦：衣帶漸寬終不悔，為伊消得人憔悴。（柳永，蝶戀花）
　　世事茫茫難自料，春愁黯黯獨成眠。（韋應物，寄李
　　儋元錫）

官：可曾通信？

婦：恨薄情郎一去，音書無個！（柳永，定風波）
　　一別音容兩渺茫，去住彼此無消息。（上句白居易，
　　長恨歌；下句杜甫，哀江頭）

官：妳家中生活情形如何？

婦：冷冷清清，悽悽慘慘戚戚。（李清照，聲聲慢）
　　田園寥落干戈後，骨肉流離道路中。（白居易因望月
　　有感，聊書所懷）

官：那麼妳何以為生？

婦：織梭光景去如飛，莫教容易裁羅綺。（無名氏）
　　苦恨年年壓金線，為他人作嫁衣裳。（秦韜玉，貧女）

官：妳和男友怎樣認識的？

婦：卻是舊相識。（李清照，聲聲慢）
　　十年離亂後，長大一相逢。（李益，喜見外弟又言別）

官：妳和男友何時相會？

婦：去年元夜時。（歐陽修，生查子）
　　已涼天氣未寒時。（韓渥，已涼）

官：你二人如何相會？

婦：月上柳梢頭，人約黃昏後。（歐陽修，生查子）
　　故人具雞黍，邀我至田家。（孟浩然，過故人莊）

官：妳二人在何處燕好？

婦：灯火闌珊處。（辛棄疾，元夕）
　　畫樓西畔桂堂東。（李商隱，無題）

官：妳二人幾度往還？

婦：十日九風雨，一日忍餓猶不耐。（上句辛棄疾；下句
　　紹興太學士，南鄉子）
　　烽火連三月，長年不解兵。（上句杜甫，春望；下句
　　沈佺期，雜詩）

官：事後有何感想？

婦：夜夜除非，好夢留人睡。（范仲淹，蘇幕遮）
　　昔日戲言身後事，今朝都到眼前來。（元稹，遣悲懷）

官：妳於今還有什麼話講？

婦：這次第，怎一個愁字了得。（李清照，聲聲慢）
　　嫦娥應悔偷靈藥，碧海青天夜夜心。（李商隱，嫦娥）

官：往後妳想如何安排？

婦：小舟從此逝，江海渡餘生。（蘇軾，臨江仙）

　　飄飄何所似，天地一沙鷗。（杜甫，旅夜書懷）

孔雀東南飛

孔雀東南飛，乃從西北來。

其雄忽然病，不能飛相隨。

欲將啣汝去，口噤不能開。

欲將負汝去，羽毛何摧穨。

三里一反顧，五里一徘徊。

閨意　　　　　　　　　唐／朱慶餘

洞房昨夜停紅燭，待曉堂前拜舅姑。

粧罷低聲問夫婿，畫眉深淺入時無？

✎　**註**：係文人一箭雙鵰之作。朱慶餘把此詩獻給當時名望頗重的張籍，意有所求。張籍也以詩答之：「越女新粧出鏡心，自知明豔更沉吟。齊紈未足人間貴，一曲菱歌敵萬金。」從此，朱慶餘的詩名便為人所知了。其實，就詩論詩，感情確也真摯，我們擬願把它看作描寫新婚夫婦的愛情之作。

與數學有關的婚聯

愛情如幾何曲線；
幸福似小數循環。

解括號，加因子，求得結果；
過中點，作垂線，直往圓心。

戀愛自由無三角，
人生幸福有幾何？

形體須以三角驗，
測量能到幾何深。

恩愛天長，加減乘除都算盡，
好合地久，點線面體豈包全。

大圓、小圓、同心圓，心心相印；
陰電、陽電、異性電，性性吸引。

夫婿情長，如幾何直線；
子孫繁衍，似小數循環。

一字結良緣

晚唐詩人任蕃在天台山中子峰頂上寺廟牆壁上題詩：

絕頂新秋生夜涼，鶴翻松露滴衣裳。

前峰月照一江水，僧在翠微開竹房。

任蕃在下山途中，感到月由峰後升起，照到江上有影，詩中「一」字宜改「半」字更妥，乃返寺。見「一」字已改為「半」字，十分驚訝！乃問寺僧，知為一任姓女子所改。經引見，談吐相投，後結為連理，並傳為佳話。

情場失意篇

〈錦瑟詩〉 李商隱

錦瑟無端五十弦，一弦一柱思華年。
莊生曉夢迷蝴蝶，望帝春心託杜鵑。
滄海月明珠有淚，藍田日暖玉生煙。
此情可待成追憶，只是當時已惘然。

註： 〈錦瑟詩〉係取詩首二字為題，等於「無題」。無題詩為作者未命題的詩，原因約有四種：1、免遭時忌，避禍免讒；2、事涉隱私，不願示人；3、別有寄託，不須明言；4、無適當題目，可盡詩中之意。李商隱共有「無題」詩七十首，本詩屬於上述第四種。該詩思緒複雜，廣跨時空，故無法命題。

　　該詩作於唐宣宗大中十二年，即公元 858 年，距今已一千一百餘年了，儘管它是如此隱晦難解，但吸引著對它研究的著作，卻是車載斗量。它確係影響後世既深且遠的上上之作。目前有愛情詩，和悼亡詩二派相持不下。此外，也有人認為是懷才不遇的傷感詩。這位感情豐富，才華橫溢的詩人，共留給人們五百七十餘首詩作。

無題 李商隱

颯颯東風細雨來，芙蓉塘外有輕雷。
金蟾齧鎖燒香入，玉虎牽絲汲井回。
賈氏窺簾韓掾少，宓妃留枕魏王才。
春心莫共花爭發，一寸相思一寸灰。

✍ **註：** 本詩風格和〈錦瑟詩〉太相近了，如果用它的最後一句代替〈錦瑟詩〉，就成了「此情可待成追憶，一寸相思一寸灰。」它就肯定為情詩了。

第一知己總讓卿　　　　梁啟超

> 頗愧年來負盛名，天涯到處有逢迎。
> 識荊說項尋常事，第一相知總讓卿。

✍ **註：** 梁啟超與何蕙珍在檀香山相識後，他曾寫了二十四首情詩，上詩是其中之一。但後來梁卻與李惠仙結婚，他只有在理智上克制自己。李與梁結婚時，曾帶來二個丫環，其一王桂荃聰明勤快，1903 年成為梁的側室。1924 年，李病重時，王又懷上小兒子梁思禮，這時梁才首用「小妾」稱王；但梁的所有孩子，包括梁思成，對王的感情均深。他們管李惠仙叫媽，管王桂荃叫娘。梁啟超始終追隨時代步伐前進，在背後則是默默支持他的兩位夫人。在梁、李去世後，留給王桂荃的有九個孩子。1968 年，85 歲的王桂荃，在一間陰暗的小屋中，與世長辭，在香山合葬了梁、李、王三人；但對「第一知己總讓卿」的何蕙珍，梁只能一直把她埋在自己的內心深處了。

思念〈四塊玉〉　　　　關漢卿

> 自送別，心難捨，一點相思幾時絕。
> 憑欄袖拂楊花雪，溪又斜，山又遮，人去也。

✍ **註：**〈四塊玉〉是曲調名。

楊白花歌　　　　北魏／胡太后

陽春二三月，楊柳齊作花。

春風一夜入閨闥，楊花飄蕩落南家。

含情出戶腳無力，拾得楊花淚沾臆。

秋去春還雙燕子，願銜楊花入窠裡。

✎ **註：**胡太后早寡，欲與大臣楊華私通，楊南奔降梁以避之。
胡太后懷念楊華而作此歌。後來被杜甫以「楊花雪落入白
蘋」寫入〈麗人行〉，以暗喻楊國忠與族妹，楊貴妃的姐姐
私通。

春怨　　　　朱淑真

獨行獨坐，獨唱獨酬還獨臥。

佇立傷神，無奈輕寒著摸人。

此情誰見，淚洗殘妝無一半。

愁病相仍，剔盡寒燈夢不成。

春怨　　　　劉方平

紗窗日落漸黃昏，金屋無人見淚痕。

寂寞空庭春欲晚，梨花滿地不開門。

漢宮秋　　　　　　　　　馬致遠

他他他，傷心辭漢主；

我我我，攜手上河梁。

他部眾入窮荒，

我鑾輿返咸陽。

返咸陽，過宮牆；

過宮牆，繞迴廊；

繞迴廊，近椒房；

近椒房，月昏黃；

月昏黃，夜生涼；

夜生涼，泣寒螿；

泣寒螿，綠紗窗；

綠紗窗，不思量！

✍ **註：**早在十九世紀，就譯成英、法、德、日文，廣為流傳。
王國維說：用唐詩作比，馬致遠像李商隱；用宋詞作比，
馬也似歐陽修。

憶秦娥　　　　　　　　　李白

簫聲咽，秦娥夢斷秦樓月，

秦樓月，年年柳色，灞陵傷別。

樂遊原上清秋節，咸陽古道音塵絕，

音塵絕，西風殘照，漢家陵闕。

心如刀割　　　　　　　張學友

不能解開的心鎖，不能抗拒的聲音，不能防禦的刀鋒，不能不痛的傷口，最後，都是不能不皈依的虛無。

婚禮的祝福　　　　　　陳奕迅

今晚，我來，是為了和我們的愛情訣別；這一杯心碎，我細細品嚐，才不會辜負你一番好意；而明天，天涯路遠，我會找一個雪飄萬里的北國，冰封這道傷痕，埋葬所有關於你的回憶，這豈不也是，你想要的祝願？

相見太晚　　　　　　　趙詠華

無可否認，我已情不自禁愛上你，在夜色最濃的，星光最暗的時候，才與你相遇，你說這究竟是太早，還是太晚？

一夜長大　　　　　　　梁靜茹

愛結束的時候，有人一夜白髮，決心為某人一夜守候；有人痛飲狂歡，用墜落麻醉寂寞；有人一夜長大，將往事全部活埋；有人沉寂無聲，倚窗聽昨夜的風鈴。

不想讓你知道　　　　周蕙

今夜的星如此的美麗，寂寞是如此誘人，假如我現在為你流一滴眼淚，你夢裡是否就會下雨？假如我讓你清楚我的愛，在這北風凜凜的十二月，溫暖是否就不會冬眠。

真愛無敵　　　　許如芸

從你走後的那天起，整個城市就陷入漆黑；嫦娥躲進深宮，玉兔潛入樹洞，月亮消失了她應有的光芒。我喪失了所有造夢的勇氣；雙目失明，兩耳失聰，只憑回憶的清香，向你離去的方向，摸索著前進。

流淚手心　　　　王力宏

你還給我的那隻戒指，依然緊捏在我的手心，從生命線開始的那一端，划到感情線結束的那一點，割傷了所有為你奔流的血脈，也刺破了我的一生。原來一朵鮮花的盛開，只是為了營造凋謝時的淒美，我終於讀懂了你的心。

相見恨晚　　　　彭佳慧

究竟什麼才算勇敢，是哭著要你愛我，還是笑著看你離開？假如一寸刀痕，是寸愛的證據，我的心已傷痕，一寸相思，原來都是一寸灰……。

清晨五點
劉虹華

清晨五點，黎明前的黑暗，一天最凍的時刻，請相信，如果此刻我眼裡滲淚，只是夜風吹得太冷太急，絕不是因為你，絕不！

慾水
齊豫

以為白雪能覆蓋紅血，所以盡量忍受撕裂的創傷；以為慾望敵不過情濃，所以放任全部的衝動；以為這一切都不會成空，以為逃得過蒼天的捉弄，可是當沉默的高山，都有開始雪溶，原來生命真的是一場鬧哄。

萍水相逢成一夢
小鳳仙

九萬里南天鵬翼，直上扶搖，憐他憂患餘生，萍水相逢成一夢；

十九載北地胭脂，自悲零落，贏得英雄知己，桃花顏色亦行秋。

✎ **註：** 上聯係小鳳仙輓蔡鍔的。小鳳仙曾智救蔡鍔，逃出袁世凱控制下的北京，回雲南護國討袁。1916 年蔡英年逝世，在北京中央公園舉行的追悼會上所示現的小鳳仙輓蔡鍔聯。小鳳仙別蔡後 30 多年流離顛沛。他於 1950 年出現在東北，後得梅蘭芳之助，於 1951 年 6 月 23 日進入一個機關單位當保健員。

夕暉篇

送行鄭虔貶台州未遇詩　　　杜甫

鄭公樗散鬢成絲，酒後常稱老畫師。
萬里傷心嚴譴日，百年垂死中興時。
蒼惶已就長途往，邂逅無端出餞遲。
便與先生成永訣，九重泉路盡交期。

  ✍　*註*：「樗散」指的是無所可用之材。

呈秀野〈菩薩蠻〉　　　朱熹

晚紅飛盡春還殘，殘還春盡飛紅晚。
樽酒綠陰繁，繁陰綠酒樽。
老仙詩句好，好句詩仙老。
長恨送年芳，芳年送恨長。

  ✍　*註*：此迴文詩乃表達暮春時節，慨嘆芳年易逝之愁悵心理。

江村　　　杜甫

清江一曲抱村流，長夏江村事事幽。
自去自來樑上燕，相親相近水中鷗。
老妻畫紙為棋局，稚子敲針作釣鉤。
多病所須惟藥物，微軀此外更何求。

葛溪驛　　　　　　宋／王安石

缺月昏昏漏未央，一燈明滅照秋床；
病身最覺風露早，歸夢不知山水長。
坐感歲時歌慷慨，起看天地色淒涼；
鳴蟬更亂行人耳，正抱疏桐葉半黃。

遺詩　　　　　　唐納

人生能有幾回醉，痛哭狂撼青春樓。
冷風醒思重洋外，空餘殘陽染白頭。

✍　**註**：唐納是江青過去的男友。

秋夜獨坐　　　　　　唐／王維

獨坐悲雙鬢，空堂欲二更。
雨中山果落，燈下草虫鳴。
白髮終難變，黃金不可成。
欲知除老病，唯有學無聲。

秋浦歌　　　　　　唐／李白

白髮三千丈，緣愁似個長。不知明鏡裡，何處得秋霜？

✍　**註**：清人王相從生理角度解釋三千丈。認為人頭髮約萬
　　根，古人蓄長髮，每根約三尺長，加起來就是三萬尺，正

合三千丈。但太白的原意不一定如此，係流寓池陽有感
而作。

告別　　　　　　　　　　楊升庵

垂老東還日，天涯此別稀；關山歸馬地，江水釣魚磯。
秉燭情何盡，啣杯淚欲揮；相思幸相問，處處有鴻飛。

✎　**註：** 此詩係楊升庵晚年，離別昆明，返回四川新都老家前
的告別詩。

橋南納涼　　　　　　　　　　陸游

攜仗來追柳外涼，連橋南畔依胡牀。
明月船笛參差起，風定池蓮自在香。

傀儡吟　　　　　　　　唐玄宗李隆基

刻木牽絲作老翁，雞皮鶴髮與真同。
須臾弄罷寂無事，還似人生一夢中。

✎　**註：** 唐玄宗早年執政，被譽為「開元之治」。後來重用李林
甫、楊國忠等，政治日益腐敗。公元 755 年「安史之亂」
後，他逃入四川，兒子李亨即位，他成了太上皇，進入西
宮；其親信高力士被放逐三峽一帶。他遭到冷落，晚景淒
涼，上詩是他晚年真實的寫照。

秋　　　　　　　　　　朱熹

少年易老學難成，一寸光陰不可輕。
未見池塘春草夢，階前桐葉已秋聲。

望大陸　　　　　　　　于右任

葬我於高山之上兮，望我大陸；
大陸不見兮，只有痛哭！
葬我於高山之上兮，望我故鄉；
故鄉不可見兮，永不能忘！
天蒼蒼，野茫茫；
山之上，國有殤。

詩情　　　　　　　　　陳榮華

不知在那裡，我們似曾相識。
是塞北冬天，江南雨季；
還是東海的沙灘，西域的戈壁。
是那五千年瑰寶中，
一曲動情的詩。

那般幽靜，那般雅緻！
心靈在燈前共鳴，
詩才在月下凝聚。
何等灑脫，又何等飄逸。

文壇的郊原上，有你拓荒的汗滴。

學海的湍流中，有你奮進的舟楫。
蕭蕭的秋風裡，你是傷感的清照；
悲切的胡笳前，你是多情的文姬。

千古陽春白雪，
萬里天涯落寂。
空笛下，
數片楓葉，
幾聲黃鸝；
一抹夕暉晚霞，
一幅詩情畫意。

落葉　　　　　　　　李長青

我不是離開，只是回歸。
現在我靜靜地，躺在出生的地方；
我的眼睛看得到更遠的地方。
這裡沒有風了，
我不用在睡眠與清醒之間，擺盪！
這裡很平穩，這裡很安詳！
我知道：
一片落葉，
是要這樣落下的⋯⋯。

除夜有感　　　　　　　　金聖歎

除夜去年愁裡過，今年除夜病中來；
艱難世事皆如此，金鐵身軀能幾回？
爆竹何辜催漏盡？春風無賴逼梅開！
此時此景應珍重，明日明年不用猜。

✍ **註：** 作者為蘇州長州縣人，原姓張名采，字若采。生於明
　萬曆三十六年（1608 年），明亡後，改名人瑞，別號聖歎。
　後因抗貪，被侮為叛逆處死，死後，葬於吳縣五鳳山下。

汴京紀事　　　　　　　　宋／劉子星

輦轂繁華事可傷，師師垂老過湖湘；
縷金檀板無顏色，一曲當年動帝王。

✍ **註：** 李師師生於國破家亡之際，兵荒馬亂，遭遇不幸，其
　結局有多種說法。上詩是指她流落於江浙湖湘一帶；又一
　說法，在杭州晚年嫁作商人婦：；另說金兵破汴後，金首
　得師師後，欲據為己有，但師師寧死不甘受辱，吞金簪而
　玉殞香消等，莫衷一是。

老來閒〈鷓鴣天〉　　　　　朱希真

檢盡歷頭冬又殘，愛他風雪耐他寒。
拖條竹杖家家酒，上個藍輿處處山。
添老大，轉痴頑。謝天教我老來閒。

道人還了鴛鴦債，紙帳梅花醉夢間。

✍ **註：** 朱希真名敦儒，他的詞淺白如話，不避俚俗。所著詞
集名《樵歌》，即是表現他這個特色的。

春日訪友〈絕句〉 南宋／詩僧志南

古木陰中繫短篷，杖藜扶我過橋東。
沾衣欲濕杏花雨，吹面不寒楊柳風。

數字詩篇

江南村景

（嵌有一二三四五六七八九十百千萬尺丈）

二八村姑三上溪，濯回途見一陽西，
村童四處歌聲起，五條柳枝趕院雞，
九母十公沿岸散，六七舟楫並頭齊，
紅霞萬丈千層捲，百尺叢中落鳥啼。

一字詩〈一剪梅〉　　　清／侯善淵

一個塵勞一個旁，一自離別，一得真常。
一天清秀一天涼，一點清光，一帶凝陽。
一氣相交一氣張，一結神丹，一命延長。
一靈透人一雲房，一對金龍，一引仙鄉。

用「一」吟一幅風景圖　　　唐／王建

一東一西壟頭水，一聚一散天邊路，
一去一來道上客，一顛一倒池中樹。

✍ **註：**如果說這是一條大江，那江的流向是東西；如果說兩
邊是大路，那大路邊縱橫交錯，岸上的大樹向上長，映到
江中就是向下生。矛盾著的八個字，最後統一到一幅風景
畫裡。

數字詩　　　　胡穎

東流百尺半山溪，十萬閒愁付海西。
尺素寸心雙剖鯉，千紅一醉四聞雞。
九霄北斗七星朗，六月南風五雨齊。
逝水年華剛二八，不堪杜宇再三啼。

✍　**註：**此詩用「溪、西、鯉、雞、齊、啼」韻，「一、二、三、
四、五、六、七、八、九、十、百、千、萬、雙、兩、半、
尺、丈、寸、東、西、南、北」字。詩意寫：少女思春，
限字占全詩一半，難度大，趣意濃；且無堆砌數字的枯燥。

聲討麻雀詩　　　　清／李調元

一窩兩窩三四窩，五窩六窩七八窩。
食盡皇王千鍾粟，鳳凰何少爾何多。

半字詩　　　　明／梅鼎祚

半水半煙著柳，半風半雨摧花；
半沒半浮漁舟，半藏半見人家。

棲霞寺有大小和尚各幾人

一百饅頭一百僧，大僧三個更無爭。
小僧三人吃一個，便知大小各幾人。

✍　**註：**明數學家程大位，有一天到棲霞寺，順便問寺內大小

和尚數，主持以上詩回答；程略加思索後說：有二十五個
大和尚，七十五個小和尚。

斷腸謎　　　　　　　　　　　　朱淑真

下樓來金錢卜落，問蒼天人在何方？
恨王孫一直去了，罵冤家馬去難留。
悔當初吾錯失口，有上交無下交。
皂白何須問，分開不用刀。
從今莫把仇人靠，千里相思一撇消。

✎　**註：** 朱淑真是南宋女詞人，她的這首詞，每句一字，共為：
一、二、三、四、五、六、七、八、九、十。

春半　　　　　　　　　　　　　朱淑真

春已半，觸目此情無限。
十二欄杆倚遍，愁來天不管。
好是風和日暖，輸與鶯鶯燕燕。
滿院落花簾不捲，斷腸芳草遠。

山西刀削麵

一葉落鍋一葉飄，一葉離麵又出刀。
銀魚落水翻白滾，柳葉乘風下樹梢。

為泥塑菩薩畫像十字令

一聲不響，二眼無光，三餐不食，四肢無力，五官不靈，六親不認，七竅不通，八面威風，久（九）坐不動，十分無用。

為窮教授作十字令

一身貧價布，兩袖粉筆灰，三餐吃不飽，四季常皺眉，五更就起床，六堂要你吹，七天一星期，八面逛幾回，九天不發餉，十家皆斷炊。

描述賭徒十字令

一心貪財，兩眼熬紅，三餐無味，四肢無力，五業荒廢，六親難認，七竅生煙，八方借債，久（九）陷泥淖，十成災難。

寫杜鵑花　　　　　　　　　　李白

蜀國曾聞子規鳥，宜城還見杜鵑花。
一叫一回腸一斷，三春三月憶三巴。

宮詞　　　　　　唐／張祜

故國三千里，深宮十二年，一聲何滿子，雙淚落君前。

賠了妹子又折兵

　　傳說明代才子祝枝山和男扮女裝的周文賓，於元宵節上街觀燈，「美人」周文賓被兵部尚書的兒子王老虎看中，責家丁將周文賓搶回府內，逼迫成親。王當夜把周安置在妹妹王秀英的閨房裡過夜。王秀英作詩一首如下：

　　　　百尺樓台花一枝，七香車過五陵西。

　　　　六橋遙望三湘水，八載空驚半夜雞。

　　　　風急九秋雙燕去，雲開四面萬山齊。

　　　　子規不解愁千尺，十二時中兩兩啼。

　　周文賓是吳中才子，聞詩立即和一首如下：

　　　　百尺高樓四五溪，珠草十六捲東西。

　　　　二分明月三分恨，一夜相思半夜雞。

　　　　黃鶴高飛萬丈遠，紅鶯新繡兩雙齊。

　　　　春歸八九解千斛，七里山塘蛙亂啼。

　　每首七律均五十六字，其中限字用二十三個。兩首詩珠連璧合。後來說破隱情，二人結為佳偶，而王老虎則搶親未成，反而賠了妹妹又折兵。

修身養性篇

過零丁洋

文天祥

辛苦遭逢起一經，干戈寥落四周星。
山河破碎風飄絮，身世飄零雨打萍。
惶恐灘頭說惶恐，零丁洋裡嘆零丁。
人生自古誰無死，留取丹心照汗青。

文丞相祠七律

葉嘉瑩

世變滄桑今古同，成人取義仰孤忠；
茫茫柴市風雲護，兩宋終收養士功。

賞菊

陶淵明

結廬在人間，而無車馬喧。
問君何能爾？心遠地自偏。
採菊東籬下，悠然見南山。
山氣日夕佳，飛鳥相與還。
此中有真意，欲辯已忘言。

詠竹詩

唐／劉兼

近窗臥砌兩三叢，佐靜添幽別有功。
影鏤碎金初透月，聲敲寒玉乍搖風。
無憑費叟煙波碧，莫信湘妃淚點紅。
自是子猷偏愛爾，虛心高節雪霜中。

110

感懷當年入小學　　　　慧卿

昔日年少入學事，夜半三更到眼前。
動勝飛鳥逾九州，靜如止水過十年。
壯似波濤心底事，瘦比黃花鏡中顏。
朝日晚霞都看過，現餘玉兔照無眠。

勸學詩　　　　唐／顏真卿

三更燈火五更雞，正是男兒讀書時。
黑髮不知勤學早，白首方悔讀書遲。

漢《古樂府》詩

百川東到海，何時復西歸？
少壯不努力，老大徒傷悲。

言志　　　　唐伯虎

不鍊金丹不坐禪，不為商賈不耕田；
閒來寫幅丹青賣，不使人間造孽錢。

保叔橋

保叔為何不保夫，義民雖有節名無；
縱然吸盡長江水，難洗心頭一點污。

✍ **註：** 林婦廉氏因救小叔留芳鄉里，將該橋命名為「保叔橋」，
以茲表彰。新任太守見橋，故意譏笑廉氏而題上詩。

廉氏回駁詩

無故為何要保夫，臨危不救世間無；
妾心清若長江水，可恨貪官把筆污。

✍ **註：** 廉氏見太守污己，大怒！並題詩予以回駁。太守乃悔，
並公開歌頌其感人事跡。

養身益壽聯

疾病常因貪杯起，煩惱皆從慾火生。
常向眾人開口笑，自然百事放寬心。
別將酒精開愁鎖，莫把心機織鬢絲。
寡欲清心能益壽，素餐淡食可延年。

藥補不如食補，身閒何若心閒。

澧水無源，靈芝無根，人貴自立；
流水不腐，戶樞不蠹，天生自勤。

勤能補拙，筋柔骨正；
儉以養廉，心曠神怡。

紅裳翠蓋霓裳曲

安莫安於知足。危莫危於多言。
貴莫貴於無求。賤莫賤於多慾。
樂莫樂於好善。苦莫苦於多貪。
長莫長於博識。短莫短於自恃。
明莫明於體物。暗莫暗於昧心。
能知足者，天不能貧。
能忍辱者，天不能禍。
能無求者，天不能賤。
能外形骸者，天不能病。
能不貪生者，天不能死。
擇友以求益，改過以全身。

寬心歌　　　　　　　　　　趙樸初

日出東海落西山，愁也一天，喜也一天。遇事不鑽牛
角尖，人也舒坦，心也舒坦。

每月領取養老金，多也喜歡，少也喜歡。少葷多素日
三餐，菜也香甜，肉也香甜。

新舊衣裳不挑揀，新也禦寒，舊也禦寒。常與知己聊
聊天，古也談談，今也談談。

內孫外孫同等看，兒也心歡，女也心歡。全家老少互慰勉，貧也相安，富也相安。

早晚操勞勤鍛鍊，忙也樂觀，閒也樂觀。

心寬體健養天年，左鄰右里勉爭吵，和氣致祥，百忍成全，記得萬事留一線，日後好相見。

天地本是逆旅，光陰原是過客，逍遙自在，海闊天空，不是神仙，勝似神仙。

惜錢歌　　　　　　　清／蔣攸銛

錢，錢！……你內方似地，外圓像天，……有了你夫妻和好，沒有你妻離子散，有了你親朋尊仰，沒有你骨肉冷淡。

錢！你不似明鏡，不似金丹，倒有些威力衡權；能使人喧天揭地，能使人平地登天，能使人傾刻為業，能使人陸地成仙，能使人到處逍遙，能使人不第為官，能使人顛倒是非，能使人癡漢作言。因此上，人人愛，人人貪。人為你昧滅天理，人為你忘卻廉恥，人為你無故生端，人為你捨死喪命，人為你平空作顛，人為你天涯奔走，人為你晝夜不眠。

見幾個棄妻別子，見幾個背卻椿萱，見幾個遊浪江湖，見幾個千里為官，見幾個為娼為盜，見幾個晝夜賭錢，一切都為錢。說什麼學富五車，七歲成篇，說什麼文崇北斗，才高丘山，論什麼聖賢名訓，《朱子格言》，講什麼窮理盡性，學貫人天，有錢時令人盡興，無錢時令人避嫌。

　　錢！人人被你顛連，出言你為首，興敗你當先。成也
是你，敗也是你，何如止了思錢念？你去我不煩，你來我
不歡，免被你顛神亂志，廢寢忘餐。

　　錢！你易我難，大限到來買不還，人人一般。倒不如
學一個居易候命，隨份安然。豈不聞：得失有定數，窮通
都由天！

✍　**註：**本歌由清嘉慶川督府蔣攸銛所寫。

醒世詩　　　　　　　　　　　　　　　明／羅洪生

其一

　　　　富貴從來不可求，幾人騎鶴上揚州；
　　　　與其十事九如夢，不若三平而淡休。
　　　　能自得時還自得，到無求處便無憂；
　　　　於今看破循環理，漫依欄杆暗點頭。

其二

　　　　得失榮枯總在天，機謀算盡徒枉然；
　　　　人心不足蛇吞象，世事到頭螂捕蟬。
　　　　無藥可延卿相壽，有錢難買子孫賢；
　　　　不如安分隨緣過，一日清閒一日仙。

其三

　　人情相見不如初，多少賢良在困途；
　　錦上添花滿天下，雪中送炭世間無。
　　時來易得金千兩，運去難得酒一壺；
　　堪嘆眼前親友戚，誰人肯借急時需。

其四

　　要無煩惱要無憂，安分隨緣莫強求；
　　無益言語休開口，非關己事莫出頭。
　　人間富貴花間露，紙上功名水上鷗；
　　勘破世情千里趣，人生何用苦營謀。

其五

　　有有無無且耐煩，勞勞碌碌幾時閒；
　　人心曲曲灣灣水，世事重重疊疊山。
　　古古今今多變故，貧貧富富有循環；
　　將將就就隨便過，苦苦甜甜總一般。

其六

　　世事紛紜一筆鉤，林泉樂道任遨遊；
　　蓋間茅屋牽蘿補，開個柴門對水流。
　　得覺閒眠真可樂，吃些淡飯自忘憂；
　　眼看多少英雄漢，為甚由來不轉頭。

其七

　　為人不必苦張羅，聽得仙家誰也麼；
　　知事少時煩惱少，識人多處是非多。
　　錦衣玉食風中燭，象簡金魚水上波；
　　富貴欲求求不得，縱然求得又如何。

其八

　　自古為人要見機，見機終久得便宜；
　　事不關己莫招惹，理若虧心切莫為。
　　得勝勝中饒一著，因乖乖裏放些癡；
　　聰明漫把聰明使，來日陰晴未可知。

其九

　　榮辱紛紛滿眼前，不如安分且隨緣；
　　身貧少慮為清福，名重山邱長孽冤。
　　淡飯盡堪供一飽，錦衣那得幾千年；
　　世間最大為生死，白玉黃金盡枉然。

其十

　　衣食無虧便好修，人生在世一浮蜉；
　　石崇未享千年富，韓信空成十面謀。
　　花滿三春鶯啼恨，菊開九月雁含愁；
　　山林幽靜多清樂，何必榮封萬戶侯。

✍　　***註***：羅洪生為明嘉靖進士、狀元，授翰林修撰。

117

風花雪月篇

畫風

柳枝西去葉向東，此非畫柳實畫風。
風無本質不上筆，巧借柳枝相形容。

逢雪宿芙蓉山主人 　　　劉長卿

日暮蒼山遠，天寒白屋貧。
柴門聞犬吠，風雪夜歸人。

海棠 　　　蘇軾

東風裊裊泛崇光，香霧空濛月轉廊。
只恐夜深花睡去，故燒高燭照紅妝。

怡紅快綠 　　　曹雪芹

深庭長日靜，兩兩出嬋娟。
綠玉春猶捲，紅妝夜未眠。
憑欄垂絳袖，倚石護青煙。
對立東風裏，主人應解憐。

✍ **註**：賈寶玉在《紅樓夢》一書中詠海棠。

題秋海棠　　　　　紀曉嵐

憔悴幽花劇可憐，斜陽院落晚秋天，
詞人老大風情減，猶對殘花一悵然！

✍ **註：** 詩人少年時的戀人文鸞，喜愛秋海棠花。後文鸞另嫁
而香消玉殞。曉嵐為了懷念她，在其北京的住宅裡，栽種
了海棠，此樹至今尚在。

秋海棠　　　　　秋瑾

栽植恩深雨露同，一叢淺淡一叢濃。
平生不借春光力，幾度開來鬥晚風。

詠美人蕉

芭蕉葉葉揚瑤空，丹萼高攀映日紅。
一似美人春睡起，絳唇翠袖舞東風。

映日荷花　　　　　宋／楊萬里

畢竟西湖六月中，風光不與四時同。
接天蓮葉無窮碧，映日荷花別樣紅。

桃花得氣美人中　　　明／柳如是

垂楊小宛繡簾東，鶯閣殘枝蝶趁風；
最是西泠寒食路，桃花得氣美人中。

正月十五　　　唐／蘇道味

火樹銀花合，星橋鐵鎖開。
燈樹千光照，明月逐人來。
游妓皆穠李，行歌盡落梅。
金吾不禁夜，玉漏莫相催。

元夕　　　宋／辛棄疾

東風夜放花千樹，更吹落、星如雨。
寶馬雕車香滿路，鳳簫聲動，玉壺光轉，一夜魚龍舞。
蛾兒雪柳黃金縷，笑語盈盈暗香去。
眾裡尋他千百度，驀然回首，那人卻在燈火闌珊處。

詠梅 1　　　陸放翁

月地雲階暗斷腸，知心誰能賞孤芳。
相逢只怪影亦好，歸去始驚身染香。
渡口耐寒窺淨綠，橋邊凝怨立昏黃。
與卿俱是江南客，剩欲樽前說故鄉。

詠梅 2　　　　　　　　朱熹

夢裡清江最黑香，蕊寒枝瘦凜冰霜。
如今白黑渾休問，且作人間時世妝。

詠梅 3

身莽春風不自哀，仍將零落迎春來。
應是春光第一枝，為報百花向陽開。

詠梅 4　　　　　　　　蘇小小

梅花雖傲骨，怎敢敵春寒？
若更分紅白，還須親眼看。

詠梅 5　　　　　　　　王安石

牆角數枝梅，凌寒獨自開。
遙知不是雪，為有暗香來。

落梅詩　　　　　　　　南宋／陳起

一片能教一斷腸，可堪平砌更堆牆。
飄如遷客來過嶺，墜似騷人去赴湘。
亂點莓苔多莫數，偶黏衣袖久猶香。

東風謬掌花權柄，卻忌孤高不主張。

早梅　　　　楊玉環（楊貴妃）

美豔何嘗減卻春，梅花雪裡亦天真。
總教借得東風早，不與凡花鬥色新。

清平調（其一）　　　　李白

雲想衣裳花想容，春風拂檻露華濃；
若非群玉山頭見，會向瑤臺月下逢。

✎ **註：**沉香亭前牡丹盛開，唐玄宗和楊貴妃前往賞覽，乃命
李白別創新詞，李白當下即成詩三首，這是其中最佳之作。

為李白吟　　　　清／陳沆

風月無邊處，笙歌最上頭。
青蓮猶擱筆，有句莫輕投。

✎ **註：**上詩是清陳沆為李白「眼前有景道不得，崔顥提詩在
上頭」而吟。據說李白登上黃鶴樓，見到崔顥的〈黃鶴樓〉
詩以後，沉吟許久，卻未作詩，同來的人發問，李一嘆答
到：「眼前有景道不得，崔顥提詩在上頭。」崔吟〈黃鶴樓〉
的詩為：「昔人已乘黃鶴去，此地空餘黃鶴樓。黃鶴一去不
復返，白雲千載空悠悠。晴川歷歷漢陽樹，芳草萋萋鸚鵡
洲。日暮鄉關何處是？煙波江上使人愁。」李白不僅喜歡

崔的詩，不久之後，還模仿〈黃鶴樓〉寫了二首詩。其中一首為〈登金陵鳳凰台〉，其詩如下：「鳳凰台上鳳凰游，鳳去台空江自流。吳宮花草埋幽徑，晉代衣冠成古丘。三山半落青山外，二水中分白鷺洲。總為浮雲能蔽日，長安不見使人愁。」方回《瀛奎律髓》說：「李詩與崔詩，格規氣勢，未易甲乙。我們拜讀再三，感嘆兩位詩人『各有千秋』。」

半字之師

清一女子吟菊詩為：

　　　為愛南山青翠色，東籬別染一枝花。

有人提出：將「別」字壓縮為「另」，更受人賞識。

一字之師

北宋范仲淹為嚴子陵釣台祠堂所撰頌詞為：

　　　雲山蒼蒼，江水泱泱。

　　　先生之德，山高水長。

時李泰伯建議：把「德」字改為「風」字，令范公拍案叫絕。

一字之師

唐齊己和尚的〈早梅〉詩為：

前村深雪裡，昨夜數枝開。

鄭谷說：既是「早梅」，「數」字宜改為「一」字更妥。

菊花　　　　　　　　　　　　于鵠

秋叢繞舍似陶家，遍繞籬邊日漸斜。

不是花中偏愛菊，此花開盡更無花。

襄陽邑道中　　　　　　　　宋／陳與義

飛花兩岸照晚紅，百里榆堤半日風。

臥看滿天雲不動，不知雲與我俱東。

春曉〈西江月〉　　　　　　鄭板橋

微雨曉風初歇，紗窗旭日才溫。

繡幃香夢半矇矓，窗外鸚哥未醒。

蟹眼茶聲靜悄，蝦鬚簾影輕明。

梅花老去杏花勻，夜夜胭脂怯冷。

題都城南莊　　　　　唐／崔護

去年今日此門中，人面桃花相映紅。
人面不知何處去，桃花依舊笑春風。

江南春　　　　　汪怡

人去後，花外燕來遲。
風片無因吹片片；
雨絲何處舞絲絲。
今又夕陽時。

願做白雲　　　　　馮新華

寫在紙上的誓言，如同一道沒上鎖的房門；
即使再小心翼翼，也難逃失落的命運！
插在瓶中的鮮花，
即使有最美好的意義，
日子已久，也會被風乾、凋零；
且再沒有復活的可能。
失去河流的土地，不再做綠洲的夢！
而沙漠也是一種風景。
在絕望的風景線上，
我願做天空中那朵流浪的白雲。
四海為家，瀟瀟灑灑。

敕勒歌　　　　　　北齊／耶律金

敕勒川，陰山下。
天似穹廬，籠蓋四野。
天蒼蒼，野茫茫。
風吹草低見牛羊。

證明　　　　　　　徐望雲

冬天證明春天不會太遠；
寂寞證明人去樓空；
思念證明愛在天涯；
雨，證明雲；
風，證明花香；
白紙上黑字一片，證明筆也有高潮。

結婚證明樂極生悲；
醉了證明地球會轉；
落葉，證明秋涼；
燈深，證明霧水已重；
眼睛沉默慣了，
淚水證明他們也有情緒。

將軍有夢，證明狀志猶在；
路，證明遙遠；
海，證明無限；……。

赤壁夜吟

曹孟德

月明星稀，烏鵲南飛；繞樹三匝，無枝而依。

皎皎如月，何時可輟；憂從中來，不而斷絕

✍ **註：** 以上兩首，是曹操在赤壁軍營中〈赤壁夜吟〉九首中
的兩首。

吟月（一）

杜甫

今夜鄜州月，閨中只獨看。遙望小兒女，未解憶長安。

香霧雲鬟濕，清輝玉臂寒。何時倚虛幌，雙照淚痕乾。

✍ **註：** 是杜甫在長安秋天月夜懷妻之作，但在詩中卻寫成妻
子在想念他，詩人的感情是曲折而深刻的。

吟月（二）

李白

峨眉山月半輪秋，影入平湖江水流。

夜發清溪向三峽，思君不見下渝州。

暮江吟

白居易

一道殘陽鋪水中，半江瑟瑟半江紅。

可憐九月初三夜，露似珍珠月似弓。

129

中秋詞〈水調歌頭〉　　　　　蘇東坡

明月幾時有，把酒問青天。

不知天上宮闕，今夕是何年。

我欲乘風歸去，又恐瓊樓玉宇，高處不勝寒。

起舞弄清影，何似在人間。

轉朱閣，低綺戶，照無眠。

不應有恨，何事長向別時圓。

人有悲歡離合，月有陰晴圓缺，此事古難全。

但願人長久，千里共嬋娟。

✍　**註：**此詞係蘇東坡於 1076 年作於山東密州。被後人奉為中秋詞作的千古絕唱；詩人們說：〈水調歌頭〉一出，餘詞盡廢。

元夕無月　　　　　　　清／丘逢甲

三年此夕無月光，明月多應在故鄉。

欲向海天尋月去，五更飛夢渡鯤洋。

上元夜　　　　　　　唐／崔液

玉漏銅壺且莫催，鐵關金鎖徹夜開。

誰家見月能閒坐，何處聞吵不看來。

自題月軒　　　　　　　宋／德聰

軒前轆轆轉冰盤，軒裡詩成徹骨寒。
多少人來看明月，誰知倒被明月看。

元宵　　　　　　　　　明／唐寅

有燈無月不娛人，有月無燈不算春。
春到人間人似玉，燈燒月下月如銀。
滿街珠翠遊村女，沸地笙歌賽社神。
不展芳尊開口笑，如何消得此良辰。

月　　　　　　　　　　香菱

精華欲掩料應難，影自娟娟魄自寒。
一片砧敲千里白，半輪雞唱五更殘。
綠蓑江上秋聞笛，紅袖樓頭夜倚欄。
博得嫦娥應借問，緣何不使永團圓！

✍　***註：***曹雪芹所著《紅樓夢》裡：薛寶釵把丫環香菱帶進了
潇湘館，香菱見到小姐們常常作詩，自己也萌生了作詩的
念頭。在白天，瞑思苦想，也想不出好的句子，就在一個
夜間的睡夢中，作成了上面「吟月」的一首詩。詩的作者
雖標為香菱，實際上似乎應寫曹雪芹。

秦淮分月（一）　　北宋／賀鑄詩

官柳動春條，秦淮生暮潮；樓臺見新月，燈火上雙橋。

秦淮分月（二）　　吳敬梓

天涯羈旅客，此夜共嬋娟；底事秦淮月，不為人月圓。

蘭花草　　胡適

我從山中來，帶著蘭花草。種在小園中，希望花開早。
一日看三回，看得花時過。蘭花卻依然，苞也無一個。
轉眼秋天到，移蘭入暖房。朝朝頻顧惜，夜夜不相忘。
期待春花開，能將宿願償，滿庭花簇簇，開得有多香。

桃花扇詞〈鷓鴣天〉　　晏幾道

彩袖殷切捧玉鍾，當年拚卻醉顏紅。
舞低楊柳樓心月，歌盡桃花扇底風。
從今後，憶相逢，幾回魂夢與君同？
今宵剩把銀釭照，猶恐相逢是夢中。

晚歸〈如夢令〉一　　　　　李清照

常記溪亭日暮，沉醉不知歸路。
興盡晚回舟，誤入藕花深處。
爭渡，爭渡，驚起一灘鷗鷺。

二

昨夜雨疏風驟，濃睡不消殘酒。
試問捲簾人，卻道海棠依舊。
知否？知否？應是綠肥紅瘦。

種桃杏　　　　　白居易

無論海角與天涯，大抵心安即是家。
路遠誰能念鄉曲，種杏栽桃擬待花。

紅荳詞　　　　　曹雪芹

滴不盡相思血淚拋紅豆，開不完春柳春花滿畫樓。睡
不穩紗窗風雨黃昏後，忘不了新愁與舊愁；嚥不下玉粒金
波噎滿喉，照不盡菱花鏡裡形容瘦，展不開眉頭，挨不明
更陋。呀！恰似遮不住的青山隱隱，流不斷的綠水悠悠！

鳳凰臺上憶吹蕭詞　　　　賀雙卿

寸寸微雲，絲絲殘照；有無明滅難消。正斷魂魂斷，閃閃搖搖。

望望山山水水，人去去、隱隱迢迢。從今後、酸酸楚楚，只似今宵。

問天不應，看看小小卿卿，嫋嫋嬈嬈。更見誰誰見？誰同花嬌？

誰望歡歡喜喜，偷素粉，寫寫描描。誰還管，生生世世，夜夜朝朝。

✍　**註：** 上詞是疊字倒字的運用。

秋思　　　　張籍

洛陽城裡見秋風，欲作家書意萬重。
復恐匆匆說不盡，行人臨發又開封。

秋夜　　　　袁機

不見深秋月影寒，祇聞風信響欄杆。
閒庭落葉知多少？記取朝來着意看。

閒情　　　　袁機

欲捲湘簾問歲華，不知春在幾人家？
一雙燕子殷勤甚，銜到窗前盡落花。

閒情逸致篇

戲吟友人鼻子大

胡適

鼻子人人有，惟君大得兇。直懸一寶塔，倒掛兩煙筒。
親嘴全無份，聞香大有功。江南一噴嚏，江北雨濛濛。

✍ **註：** 一天，胡適赴友人楊杏佛府上拜訪，正好楊外出不在
家。胡適坐在客廳裡百無寥籍，便提起筆來，拿主人作文
章，而寫下上詩。

遊西湖時酒令

蘇東坡邀友人黃山谷夜遊西湖。佛印知道後，偷偷地
先跑到他們擬乘坐的小舟上，並藏身浮板下。當黃、蘇的
扁舟划至湖心，他們開懷暢飲，酒令如下：

黃山谷：

浮萍撥開，游魚出來，得其所哉，得其所哉。

蘇東坡：

浮雲撥開，明月出來，天何言哉，天何言哉。

這時佛印頂開浮板：

浮板撥開，佛印出來，人焉廋哉，人焉廋哉。

為西施翻案

唐／羅隱之

家國興亡自有時，吳人何苦怨西施；

西施若能傾吳國，越國亡來又是誰？

春秋詞　　　　　　　　小癡君

一、春詞

春風和，春日妍，春旗飛，春鼓喧。

春城街市春燈編。

春山春水千般秀，

春草春花百樣鮮，

春園春鳥提壺勸；

好安排，春盤春酒，步春郊，

春眼翩翩。

二、秋詞

秋雲高，秋月明，秋砧敲，秋角鳴。

秋林黃葉傳秋信。

秋蜂秋蝶芳情倦，

秋雁秋鴻客感驚，

秋江難洗秋感盡。

最淒清，秋風秋雨，聽秋蟲，

四壁秋聲。

✐　**註**：春、秋詞，各用十六個春、秋字。

春詞　　　　　劉禹錫

新妝宜面下朱樓，深鎖春光一院愁。
行到中庭數花朵，蜻蜓飛上玉搔頭。

✍ **註：** 宜面是指化妝得體；玉搔頭是指頭上的玉飾。

秋詞　　　　　劉禹錫

自古逢秋悲寂寥，我言秋日勝春朝。
晴空一鶴排雲上，便引詩情到碧霄。

吟鬥雞

一日是長還是短，相爭便是死對頭；
世間本來沒對錯，彼此何必鬧不休。

為山西杏花村酒廠題詩　　　謝覺哉

逢人便說杏花村，汾酒名牌天下聞。
草長鶯飛春已暮，我來仍是雨紛紛。

✍ **註：** 山西杏飛村在山西汾陽城北十五公里處，有古井，產
甘泉佳釀。魏國卿有：「幾看嵐前吹牧笛，負薪沽酒醉西河。」
（西河即今汾陽，并州古道又叫西河古道）唐韋應物詩：「禁
鐘春雨細，宮柳野煙和」之句，寫得也是汾水一帶的景色。

杜牧的〈并州道中〉說明他到過汾陽；前詩也說明北方春天有雨紛紛。作為池州刺史的杜牧，來到異鄉的清明時節，才會路上行人，借問酒家，和牧童遙指；再加上謝覺哉〈為山西杏花村酒廠題詩〉來看，在全國九十多個杏花村中，爭執紛紛，莫衷一是，但山西汾陽的杏花村，似乎較有可能是杜牧所指之處。

金門〈祝枝詞〉 鄭季敦

秋夏之交空氣新，金門港邊多麗人。
浴罷橫陳同曬日，登徒無限往來頻。

洛城聞笛 李白

誰家玉笛暗飛聲，散入春風滿洛城。
此夜曲中聞折柳，何人不起故園情。

✍ **註：**李白這首名詩，被德國作曲家貝特收在一本名為《中國氣笛》的中國古詩集中。1952 年此集一出，便受到許多名作曲家的關注，並先後由瑞典作曲家斯約格倫和奧地利作曲家威伯恩譜成歌曲。

歸去〈菩薩蠻〉 李白

平林漠漠煙如織，寒山一帶傷心碧。
暝色入高樓，有人樓上愁；

玉階空佇立，宿鳥歸飛急。
何處是歸程？長亭連短亭。

即興　　　　　　　　　　　　　張漱菡

秋色

夜濃如酒月如舟，載得閒愁上小樓。
天在簾前作秋色，半窗花影半牽牛。

晚霞

小立灘頭似若耶，春光春色遍天涯。
落霞冉冉明如火，映入幽溪朵朵花。

嚴江舟中　　　　　　　　　　　紀曉嵐

濃似春雲淡似煙，參差綠到大江邊；
斜陽流水推篷坐，翠色隨人欲上船。

✍ **註：** 作者自以為此詩受舉人朱子穎：「一水漲喧人語外，萬山青到馬蹄前。」之句的影響寫成。

子夜歌　　　　　　　　　　　南唐後主李煜

人生愁恨何能免？銷魂獨我情何限！
故國夢重歸，覺來雙淚垂！

高樓誰與上？長記秋晴望。
往事已成空，還如一夢中。

題西施石　　　　唐／王軒

嶺上千峰秀，江邊細草春。今逢浣沙石，不見浣紗人。

清夜吟　　　　宋／紹雍

月到天心處，風來水面時，一般清意味，料得少人知。

郴州旅舍〈踏莎行〉　　　秦觀

霧失樓台，月迷津渡。
桃源望斷無尋處。
可堪孤館閉春寒，杜鵑聲聲斜陽暮。
驛寄梅花，魚傳尺素。
砌成此恨無數。
郴江幸自繞郴山，為誰流下瀟湘去。

✎　**註**：該詞是秦觀由處州鹽酒稅官，再一次被貶到湖南五嶺
　　山下的郴州，途經長沙時，有一極喜歡秦觀的詞的女子，
　　願以身相許。秦觀見此紅顏知己，內心十分感動，便寫此
　　詞相贈。後來蘇東坡為此詞寫了跋，宋代明書法家米芾為
　　該詞刻寫了字。此碑名為「三絕碑」，現仍置於湖南五嶺山
　　下，郴州市的蘇仙嶺上。

登樓有感〈浣溪紗〉　　　　　　秦觀

漠漠清寒上小樓，曉陰無賴似窮秋，淡煙流水畫樓幽。

自在飛花輕似夢，無邊絲雨細如愁，寶簾閒掛小銀鉤。

✍　**註：**秦觀即秦少游（1049-1100），北宋神宗時進士，係蘇
軾門客，以詞聞名。因其佳句中有三鉤「無邊絲雨細如綢，
寶簾閒掛小銀鉤」「亂山何處覓行雲，又是一鉤新月照黃昏」
「金鉤細，絲綸慢捲，牽動一潭星」被稱為秦三鉤。

吟岳陽樓　　　　　　　　　　　呂洞賓

朝遊北海暮蒼梧，袖裡青蛇膽氣粗。

三過岳陽人不識，朗吟飛過洞庭湖。

歸江南三首（七絕）　　　　　　蘇曼殊

其一

春雨樓頭尺八簫，何時歸看浙江潮？

芒鞋破缽無人識，踏過櫻花第幾橋？

其二

柳陰深處馬蹄驕，無際銀沙逐退潮。

茅店冰旗知市近，滿山紅葉女郎蕉。

其三

碧海雲峰百萬重，中原何處託孤蹤。
春泥細雨吳越地，又聽寒山夜半鐘。

題詩　　　　　　　　　　齊白石

曾見前朝享太平，布衣蔬食動公卿。
而今淪落長安市，幸有梅郎識姓名。

註：齊白石淪落西安時，幸得梅蘭芳資助；此詩為齊白石
贈梅蘭芳《雪裡送炭圖》的題詩。

夜笛詞　　　　　　　　　　施肩吾

皎潔西樓月未斜，笛聲寥亮入東家。
卻令燈下裁衣婦，誤剪同心一半花。

野望

一天秋色冷晴灣，無數峰巒遠近間。
閑上山來看野水，忽於水底見青山。

漁父歌〈鷓鴣天〉　　　　　　顏真卿

西塞山前白鷺飛，桃花流水鱖魚肥，
青箬笠，綠簑衣，斜風細雨不須歸。

憑弔金谷園　　　　　　　　　杜牧

繁華事散逐香塵，流水無情草自生。

日暮春風怨啼鳥，落花猶似墜樓人。

✍ **註：** 金谷園是富可敵國的石崇之妾綠珠的住所。

題釣魚台　　　　　　　　　　乾隆

釣魚台水別一源，夥於台下湧冽泉；

亦受西山夏秋潦，漫為沮洳行旅艱。

邇來治水因治此，大加開拓成湖矣。

置閘下口為節宣，滙以成河向東釃。

分流內外護城池，金湯萬載鞏皇基；

眾樂康衢物滋阜，由來諸事在人為。

坐龍井上烹茶偶成　　　　　　乾隆

龍井新茶龍井泉，一家風味稱烹前。

寸芽出自爛石上，時節焙成穀雨前。

何必鳳圖誇玉茗，聊因雀舌潤心蓮。

呼之欲出辯才在，笑我依然文字禪。

以樹葉代紙祭灶神　　宋／呂蒙正

一片樹葉一縷煙，相送司命到九天。
玉皇若問凡間事，蒙正乞貸豬頭錢。

✍ **註：** 呂蒙正是北宋太宗、真宗時的宰相；少年時家貧如洗，
這是出仕前的祭灶詩，可見其當時生活的一斑。

歲暮　　明／唐伯虎

柴米油鹽醬醋茶，般般都在別人家。
歲暮清閒無一事，竹堂寺裡看梅花。

守歲　　鄭板橋

瑣事貧家日萬端，破裘雖補不禁寒。
瓶中白水供先祀，窗外梅花當早餐。

感當年雖貧卻無病詩　　呂蒙正

曾記當年困寒窯，敢冒雪劍與風刀。
少鹽缺食何足道？無憂無病樂逍遙。

貧婦吟　　金聖嘆

貧婦如野花，亦向東風好。千計求晨炊，梳頭只草草。

織麻復織麻，麻多織未了。不知美容顏，竟向機中老。

✍ **註：** 金聖嘆批點《西廂記》時謂：《西廂記》必須與美人並座讀之，驗其纏綿多情也。惜其美麗的妻子，為了家計，貧病交侵，容顏漸失，故寫上詩。

母校

曾曉文

> 多年前，在母校的課堂，
> 春有春光，秋有秋陽，
> 那時母校，是一艘璀璨造夢的船；
> 我在船上，心在遠方。
>
> 長大後，踏入都市的喧嚷。
> 夏有輝煌，冬有蒼涼。
> 那時母校，是一道純樸悠長的堤岸；
> 我在江中，夢在岸上。
>
> 後來啊！我就到了異國他鄉
> 日月流轉，山川渺茫，
> 這時的母校，是一座理想永在的宮殿；
> 我在遠方，愛在殿堂。

麻將經

按《聲律啟蒙》首篇填寫：雲對雨，雪對風，晚照對

晴空。來鴻對去燕，宿鳥對鳴蟲，三尺劍，六鈞弓，嶺北對江東。人間清暑殿，天上廣寒宮。兩岸曉煙楊柳綠，一園春雨杏花紅。兩鬢風霜，途次早行之客，一簑煙雨，溪邊晚釣之翁。

麻將經：南對北，西對東，白板對紅中。開台對擲位，兜底對窟窿。大太婆，小相公，直出對火通。截胡真有癮（沒趣），搶槓最陰功（無辜），換着九筒當白板，碰埋（完）么索槓紅中。米（莫）打尖張，顧住（要注意）下家撈淨水（獨佔便宜），亂車大炮（亂說一氣），須防對面搶門風。

拗口令（急口令）

其一：颳大風

天上看，滿天星。地上看，一個坑。坑上看，一棵松。松上看，一隻鷹。屋內看，一盞燈。牆上看，一顆釘。釘上看，一隻弓。床上看，一老僧。桌上看，一本經。

說著，說著颳大風，吹散了滿天星，吹平了地上坑，吹倒了坑上松，吹飛了松上鷹，吹掉了牆上弓，吹翻了桌上經，吹滅了屋裡燈，吹醒了床上僧。

其二：回回（回教徒泛稱回回）

回回拜回回，回回未回，回回回，回回回拜回回，回回談回回，回回回。

✍ **註：** 拗口令，運用回音及雙聲字，製成歌句，使人急切不
易讀清。唸誦時，越快越好。回回段：甲回回訪乙回回，
乙回回出外未回；乙回回回來後，回拜甲回回，。甲乙二
回回，談論回教徒事，談畢，乙回回回家了。

譏諷嘲戒篇

有趣的「剝皮詩」

（一）套用宋代林升詠〈西湖〉，諷刺腐敗的權勢者。原詩：

> 山外青山樓外樓，西湖歌舞幾時休；
> 暖風薰得遊人醉，直把杭州作汴州。

套用：

> 山外青山樓外樓，公欸歌舞幾時休；
> 春風薰得公僕醉，九州處處作杭州。

（二）套用唐代詩人崔護〈題都城南莊〉諷一貪官。原詩：

> 去年今日此門中，人面桃花相映紅。
> 人面不知何處去？桃花依舊笑春風。

套用：

> 多年共事此門中，貪官青天殊不同。
> 青天不知何處去？貪官日日醉春風。

（三）套用唐代詩人劉禹錫〈陋室銘〉改為〈當官銘〉

原文：

> 山不在高，有仙則名；水不在深，有龍則靈。斯
> 是陋室，唯吾德馨。苔痕上階綠，草色入簾青。
> 談笑有鴻儒，往來無白丁。可以調素琴，閱金經。
> 無絲竹之亂耳，無案牘之勞形。南陽諸葛廬，西
> 蜀子雲亭。孔子云：何陋之有？

改為：

> 才不在高，有官則名；學不在深，有權則靈。這
> 個衙門，唯我獨尊。前有吹鼓手，後有馬屁精。
> 談笑有心腹，往來無小兵。可以搞特權，結幫親。
> 無批評之刺耳，惟頌揚之諧音。青雲能直上，隨
> 風顯精神。群眾云：臭哉此人？

模仿曹雪芹〈好了歌〉諷刺兩面派官員

本人也盼黨風好，惟有官位忘不了！只要職務提三
級，權術自然不搞了。

本人也盼黨風好，只有車子忘不了！且等上海換奔
馳，特權自然不搞了。

本人也盼黨風好，只有票子忘不了！何日存款數百
萬，黨性跟著就有了。

本人也盼黨風好，只有兒子忘不了！如果他有好工
作，後門堅決不開了。

譏飯館詩　　　　　　　　　　　　歐陽修

大雨嘩嘩飄濕牆，	無檐（鹽）
諸葛無計找張良；	無算（蒜）
關公跑了赤兔馬，	無韁（薑）
劉備掄刀上戰場。	無將（醬）

✍ **註：** 歐陽修一天到街上一家飯店就餐，發現做的菜清淡無味，難以入口，就順手在店家的牆壁上寫了四句。

祇認衣裳不認人　　　　　　文映紅

千錘百鍊一根針，一顛一倒布中行。
眼睛生在屁股上，祇認衣裳不認人。

題宰相致仕的畫　　　　　　齊白石

宰相歸田，囊中無錢，寧可為盜，不願傷廉。

田家　　　　　　唐／聶夷中

父耕原上田，子耕山下荒；六月禾未秀，官家已修倉。
鋤禾日當午，汗滴禾下土；誰知盤中餐，粒粒皆辛苦。
二月賣新絲，五月糶新穀；醫得眼前瘡，挖卻心頭肉。
我願君王心，化作光明燭；不照綺羅筵，只照逃亡屋。

✍ **註：** 有謂「春種一粒粟，秋收萬顆子。四海無閒田，農夫猶餓死。」與「鋤禾日當午，汗滴禾下土；誰知盤中餐，粒粒皆辛苦。」兩詩則為唐李申所作。

自嘲詩

宋／梁灝

天福三年來應試，雍熙二年始成名。
饒他白髮頭中滿，且喜青雲足下生。
觀榜更無朋儕輩，到家唯有子孫迎。
也知少年登科好，怎耐龍頭屬老成。

✍ **註：** 梁灝少年時曾立志：不考中狀元誓不罷休。結果，時運不濟，他屢試不中，走過了漫長的坎坷之路，受盡了別人的譏笑。但他並不在意，並對人們說：考一次，就離狀元近了一步。他奮發圖強，百折不撓，從後晉天福三年開始應試，經後漢、後周，直到宋太宗雍熙二年，才考中狀元，時年八十二歲。這是他金榜題名後的一首自嘲詩。

郎中

潛陶

中郎改行當郎中，又見大門掛牌招；
不知為何作元解，最好歸去學潛陶。

✍ **註：** 錯批把中郎寫成郎中。作者幽默地把招牌寫成了牌招，把解元寫成元解，把陶潛寫成潛陶，以茲嘲諷。

弓雕廷朝

雕弓難以作弓雕，似此詩才欠致標。
若使人人為酒祭，算來端的負廷朝。

自嘲　　　　　　　　　　　　汪精衛

心宇將滅萬事休，天涯無處不怨尤。

縱有先輩嘗炎涼，諒無後人續春秋。

✍ **註**：這是汪精衛死前寫的最後一首題為〈自嘲〉的絕命詩。
有人和了一首如下：

夢落東溟醜事休，賣國終將積怨尤。

莫道世間歷炎涼，惡名遺處正春秋。

述亡國詩　　　　　　　　　　　花蕊夫人

君王城上豎降旗，妾在深宮哪得知。

十四萬人齊解甲，寧無一個是男兒。

✍ **註**：上詩係花蕊夫人題獻給宋太祖趙匡胤的詩。她喜歡芙
蓉花和牡丹花，孟昶下令在成都的城牆上遍植芙蓉，自此
成都即稱錦城或芙蓉城。西元 960 年孟昶降宋，後蜀主的
慧妃、花蕊夫人被趙匡胤問及投降事，她寫上詩作答。

春遊臥佛寺打油詩　　　　　　　　楊遇

你道睡得好，一睡萬事了；我若陪你睡，江山誰人保。

豪放及曠懷篇

三國演義卷頭詞〈臨江仙〉 明／楊升菴

　　滾滾長江東逝水，浪花淘盡英雄，是非成敗轉頭空，青山依舊在，幾度夕陽紅。白髮漁樵江渚上，慣看秋月春風。一壺濁酒喜相逢，古今多少事，都付笑談中。

✍ **註：**《三國演義》作者羅貫中為元末人（1130~1400），生卒早於楊升菴（楊慎，1487~1559）。清初毛綸、毛宗崗父子曾假托「古本」，重修羅貫中著作時，把楊升菴的〈臨江仙〉作為卷首詞寫入，故毛氏父子修訂的《三國演義》刊行後，至今約三百年，坊間一直仍以「羅貫中著」付刊。包括 1977 年以來，北京人民文學出版社的版本，故迄今仍易誤認楊升菴所寫的〈臨江仙〉詞為羅貫中所作。

歸去〈漁家傲〉　　　　　李清照

　　天接雲濤連曉霧，星河欲轉千帆舞；
　　彷彿夢魂歸帝所，聞天語，殷勤問我歸何處。
　　我報路長嗟日暮，學詩漫有驚人句；
　　九萬里風鵬正舉，風休住，蓬舟吹取三山去。

押經金陵驛時作　　　　　文天祥

　　草合離宮轉夕暉，孤雲飄泊復何依？
　　山河風景原無異，城郭人民半已非。
　　滿地蘆花和我老，舊家燕子傍誰飛？

從今別卻江南路，化作啼鵑帶血歸。

詠蟬（一）　　　　　　虞世南

垂緌飲秋露，流響出梧桐。居高音自遠，非是藉秋風。

詠蟬（二）　　　　　　駱賓王

西陸蟬聲唱，南冠客思深。不堪玄鬢影，來對〈白頭吟〉。
露重飛難進，風多響亦沉。無人信高潔，誰為表予心。

詠蟬（三）　　　　　　李商隱

本以高難飽，徒勞恨費聲。五更疏欲斷，一樹碧無情。
薄宦梗猶泛，故園蕪已平。煩君最相警，我亦舉家清。

✍　**註：**同是詠蟬，因作者的心境不一，其含意亦異。有謂虞
為，清華人語；駱為，患難人語；而李則為，牢騷人語。

別董大　　　　　　　　高適

千里黃雲白日曛，北風吹雁雪紛紛。
莫道前路無知己，天下誰人不識君。

三步成詩　　　　　　　　柳公權

去歲雖無戰，今年未得歸；皇恩何以報，春日得春衣。

✍ **註：**皇上提前把春衣送到前方，叫柳公權為此寫一首詩，
柳走了三步詩成。

述志詩　　　　　　　　馮玉祥

鐵鍊綑縛全地球，人類無形已被囚。
我生世界有何用？要為同胞爭自由。
拼命流血求解放，一往直前不回頭。
重層壓迫均推倒，要使平等見五洲。

感懷〈鷓鴣天〉　　　　　秋瑾

祖國沉淪感不禁，閒來海外覓知音。
金甌缺　總須補，為國犧牲敢惜身。

自題小照　　　　　　　于右任

迎風而走復盤旋，捲起長髯飛過肩。
一怒能安天下否？風雲會合待何年。

在燕京獄中寫下的最後一首詩　文天祥

乾坤空落落，歲月去堂堂；末路驚風雨，窮邊飽雪霜。

命隨年欲盡，身與世俱忘；無復屠蘇夢，挑燈夜未央。

要向人間治不平

寸木原從斧削成，每於低處立功名。

他時若得台端用，要向人間治不平。

✍　***註：***朱元璋微服與秀才對飲時，取鎮紙木索詩。秀才作出
　　以上一首，朱看後，很欣賞其抱負，第二天即降旨，任命
　　秀才登「臺端」為按察使。

上高侍郎　　　　　　唐／高蟾

天上碧桃和露種，日邊紅杏倚雲栽。

芙蓉生在秋江上，不向東風怨未開。

✍　***註：***高中科舉的人不一定才高，而是像「天上碧桃」，「日
　　邊紅杏」，享受著「和露種」和「倚雲栽」；「累舉不上」，
　　也不一定胸無經綸，筆無才華，而如同秋江上的「芙蓉」
　　得不到春風撫育。

賜詩　　　　　　唐宣宗

南方遠地產奇才，突破天荒出草來。

神鯉躍翻三尺浪，皇都驚震一聲雷。

青雲得路登科第，黃榜標名負大魁。

身穿錦衣遊帝里，邦人齊唱狀元來。

✍ **註**：本詩是唐宣宗為嶺南才子莫宣卿十六歲中狀元後的賜詩。

快意 孟郊

昔日齷齪不足嗟，今朝曠蕩恩無涯。

春風得意馬蹄疾，一日看盡長安花。

✍ **註**：孟郊受到韓愈的鼓勵應試，50歲時考取進士，欣然命筆，寫出上詩。

立志 李清照

生當作人傑，死亦為鬼雄。至今思項羽，不肯過江東。

贈留日學生 清／沈翊清

上國咸名溯有唐，敢辭長劍倚扶桑。

安危他日終須仗，甘苦來時要共嘗。

✍ **註**：本詩係清光緒二十五年，沈翊清贈留日學生的七絕；孫中山先生常將此詩的後兩句贈給好友或所愛的下屬。

紀念屈原　　　　　　　余光中

悲苦時高歌一節離騷，
千古的志士淚湧如潮。
那淺淺的一灘汨羅江水，
灌溉著天下詩人的驕傲。

夜登重慶枇杷山　　　　梅白

我來高處欲乘風，夜色輝煌一生中。
百萬銀燈搖倒影，嘉陵江比水晶宮。

守歲詩　　　　　　　　杜審言

季冬除夜接新年，帝子王孫捧御筵。
宮闕星河低拂樹，殿廷燈燭上薰天。
彈弦奏節梅風入，對局探鉤柏酒傳。
欲向正元歌萬壽，暫留歡賞寄春前。

✍　**註**：杜審言是杜甫的祖父，上詩是除夕夜的〈守歲〉詩。

贈梁任父　　　　　　　黃遵憲

寸寸河山寸寸金，派離分裂力誰任？
杜鵑再拜憂天淚，精衛無窮填海心！

✍　**註**：本詩是黃遵憲寫給梁啟超的詩。

都門秋思　　　　　　　清／黃仲則

寒甚更無修竹倚，愁思多買白楊栽。
全家都在風聲裡，九月思想未剪裁。

出師　　　　　　　　　鄭成功

縞素臨江誓滅胡，雄師十萬氣吞吳。
試看天塹投鞭渡，不信中原不姓朱。

題雞冠花詩　　　　　　紀曉嵐

紀曉嵐入宮奏事，乾隆皇帝正在賞花，便指雞冠花向紀索詩。紀便出口成詩曰：

雞冠本是胭脂染，體態婀娜滿紅光。

此時乾隆突然從其背後拿出一朵白雞冠花來，說：「你錯了，是白色的。」紀立即改口：

只因五更貪早起，染得滿頭盡白霜。

捉放曹　　　　　　　　王玉祥

阿瞞心計自奇高，賺得陳公捉放曹。
志士憐才方走眼，奸雄露餡為磨刀。
豈非天意成三國，卻是朋情害二毛。
寧我負人休負我，縱然遺臭也風騷。

琴詩 　　　　　蘇軾

若言琴上有琴聲，放在匣中何不鳴？
若言聲在指頭上，何不於君指上聽。

相信未來 　　　　食指

當蜘蛛無情地查封了我的爐檯，
當灰爐的餘煙歎息著貧困的悲哀；
我依舊固執的鋪平失望的灰爐
用美麗的雪花寫下：相信未來！
當我的紫葡萄化為深秋的露水，
當我的鮮花依偎在別人的情懷；
我依然固執地用凝霜的枯藤，
在淒涼的大地上寫下：相信未來！

中國槐 　　　　朱玖

禹的後代君主之一名叫槐，
那時候可能還是圖騰時代！
洪桐縣廣濟寺前的老槐樹，
相傳誕生於兩千年前的漢代。

美國東西海岸都可見到槐，
以挺枝、瀟灑展現了自我存在。

我讚賞它根深葉茂枝繁，
揣摩它是不是中國槐的後代。

據說有華人的地方就有中國槐，
有中國槐的地方就有唐人街。
華夏子孫同槐樹之間，
有著難解難分的情和愛！

木蘭詞（中英對照 Mu-Lan expression）

唧唧復唧唧，木蘭當戶織。不聞機杼聲，惟聞女嘆息。
問女何所思？問女何所憶？女亦無所思，女亦無所憶。
昨夜見軍帖，可汗大點兵；軍書十二卷，卷卷有爺名。
阿爺無大兒，木蘭無長兄，願為市鞍馬，從此替爺征。

Jyi Jyi and again Jyi Jyi

Mu-Lan is weaving, facing the door

Once a day, you don't hear the shuttle's sound.

You hear only the sighs from the girl

She was asked by her parents.

What is the matter to be considered?

What is the matter to be memorized?

There is nothing to be considered or memorized.

Last night, I saw the draft poster.

The Koehan will recruit a great number of soldiers

There are twelve military scrolls

Each of them has Father's name

Father has no grown-up son

Mu-Lan has no elder brother

I wish to buy a saddle and a horse

And serve in the army in Father's place

東市買駿馬，西市買鞍韉，南市買轡頭，北市買長鞭。

朝辭爺娘去，暮宿黃河邊，不聞爺娘喚女聲，但聞黃河流水聲濺濺。

旦辭黃河去，暮宿黑水頭，不聞爺娘喚女聲，但聞燕山胡騎聲啾啾。

In the East Market she buys a fine horse,

In the West Market she buys a saddle,and it's cushion

In the South Market she buys a bridle,

In the North Market she buys a long whip.

At dawn she bids farwell to her parents

In the evening, she camps on the bank of the yellow river.

She doesn't hear the voices from her Father and Mother

She hears only the chian chian sound of the flowing water in
the yellow river.

At down, she takes leave from the yellow river.

In the evening, she lodged on the Head of Black water.

She doesn't hear the voices from her Father and Mother

She hears only the nights of Hu's horses from the swallow
mountain.

萬里赴戎機，關山度若飛，

朔氣傳金柝，寒光照鐵衣。

將軍百戰死，壯士十年歸。

She goes to the battlefield about ten thousand miles from home.

She flies through the frontier passes and mountains.

Northern cold gust is spreding from the vibratting metal plates

Chilly light shines on the iron armor

General could die followed a hundred battles

But the brave fighter returns ten years later.

歸來見天子，天子坐明堂，

策勳十二轉，賞賜百千疆。

可汗問所欲，木蘭不用尚書郎，

願借明駝千里足，送兒還故鄉。

On her return , She make a courtesy call on the Son of Heaven.

The Son of Heaven sits in a splendid hall.

And looks the meritorious record of this war.

He find that Mu-Lan has accomplished twelve great
achievements in the battlefield.

The Koehan give bounties to her more than a hundred thousands

And ask her "would you like to be my officer"

Mu-Lan answered "I wouldn't like to be an officer, please
Lend me a faster camal to send me back to my home.

爺娘聞女來，出郭相扶將；

阿姊聞妹來，當戶理紅妝；

小弟聞姊來，磨刀霍霍向豬羊。

When her Father and Mother heard their daughter coming

They goes outside the wall of the village, leaning on each other to meet her

When the elder sister heard her young sister coming

She is quickly to make up facing the door

When the younger brother heard his elder sister coming

He polishes the knife with a rattling sound for the pig and sheep

開我東閣門，坐我西閣床；

脫我戰時袍，著我舊時裳；

當窗理雲鬢，對鏡貼花黃。

出門看夥伴，夥伴皆驚惶：

同行十二年，不知木蘭是女郎。

雄兔腳撲朔，雌兔眼迷離，兩兔傍地走，安能辨我是雄雌？

I open the door of my east chamber,

I sit in my couch in the west room,

I take off my wartime gown

And put on my old-time clothes."

Opposite the window, she fixes her cloud-like hair,

Facing mirror, she dabs the yellow flower powder to her face

She goes out the door to see her comrades.

all of her comrades are amazed and perplexed.

Traveling together for twelve years

They didn't know Mu-lan is a girl.

The he-hare's feet hop and skip, on walk

The she-hare's eyes are muddled and fuddled.

These two hares are walking together in the ground near you

What is the difference whether I am a he or she？

註： 清雍正十三年（1785）所修《河南通誌》卷六十七「歸德府」記載：「木蘭，宋州人，姓魏氏。恭帝時，發征禦戎，木蘭有志勇，代父出征，有功而返……。」四月初八生，係北魏期的東漢人。屬河南虞城縣城南三十五公里（京九鐵路木蘭站東）的榮廊鄉大周莊人。當地有木蘭祠。1943年抗日戰爭中被毀。現僅有木蘭殿，供木蘭及其父、母、姊、弟的塑像。

〈花木蘭〉曾由名劇作家陳憲章改編成豫劇，由享譽中國的豫劇皇后常香玉主演。在八年抗戰期間，該劇激勵軍民士氣，為抗擊日寇作出了貢獻！後來，又由常香玉主演，被搬上銀幕。

滿江紅

岳飛

怒髮衝冠，憑欄處，瀟瀟雨歇。

抬望眼，仰天長嘯，壯懷激烈。

三十功名塵與土，八千里路雲和月。

莫等閒白了少年頭，空悲切；

靖康恥，猶未雪，臣子恨，何時滅？

駕長車踏破，賀蘭山缺。

壯志饑餐胡虜肉，笑談渴飲匈奴血。

待重頭，收拾舊山河，朝天闕。

蘇武牧羊詞

蘇武，牧羊北海邊，雪地又冰天，羈留十九年

渴飲血，飢吞氈，野幕夜孤眠

心存漢社稷，夢想舊家山

歷盡難中難，節旄落盡未還

兀坐絕塞時聽胡笳入耳心痛酸

群雁卻南飛，家書欲寄誰

白髮娘，盼兒歸

紅粧守空幃

三更同入夢，未卜安與危

任海枯石爛，大節仍不少虧

終叫匈奴心驚喪膽共服漢國威

註：1. 本篇係編者于七十年前讀小學時，記在腦海里的一首
歌詞。因為時間太久了，現身居海外，又未能找到確
切的資料，進行核對；日前，余外孫女姝玥，幫我從
網上搜集到一點資料 我參考後，作了一些改動；但
個別字句，難免有些出入，特此註明。

2. 蘇武字子卿，杜陵人。為西漢名將蘇健之子。因漢朝
與北方匈奴交換戰俘，漢武帝遣蘇以中郎將使持節率
領了一個使團，將匈奴留漢的戰俘送回匈奴，當時匈
奴主政的單于，借故背信棄義，把蘇武使團扣留下

來，不准返回漢朝；並對蘇軟硬兼施，逼其投降。但蘇剛正不屈，多次擬殉國未遂，使單于對蘇由尊敬而轉為仇恨，把蘇放逐到人煙罕跡的北海，即今俄羅斯貝加爾湖，去放牧牛羊；並告訴蘇：等到公羊產子生奶了，才放他回漢。

蘇武牧羊在北海邊，渴飲雪，飢吞氈，和採摘野果野菜，以及捕食小動物維生。節杖上的旄毛都脫落光了，但他以對漢朝的忠心與毅力，克服了一個個難以想像的艱苦遭遇，留胡達十九年之久。

當漢武帝逝世後，匈奴對漢稱臣，雙方關係逐漸的改善。在昭帝始元六年(即公元前八十一年)，蘇武與尚健在的九名隨員，一起被接回長安（即今西安）。蘇武出使時，英姿颯爽，回朝時鬚髮皆白；但「任海枯石爛，大節不稍虧」。蘇武忠貞的愛國氣節，留芳百世，名垂千古！

關公竹組詩

不謝東君意，丹青獨立名；莫嫌孤竹淡，終久不凋零。

✍ **註：**這是一幅詩中有畫，畫中有詩的關公竹組詩。

詠燭　　　　　　　　李世民

焰聽風來動，花開不待春，鎮下千行淚，非是為思人。

詠刺蝟　　　　　　　李貞白

行似針毬動，臥若栗球圓。莫欺如此大，誰敢便行拳。

護樹詩　　　　　　　馮玉祥

老馮駐徐州，大樹綠油油，誰砍我的樹，我砍誰的頭。

奈何篇

絕命詩　　　　　　　　蘇東坡

聖主如天萬物春，小臣愚諳自忘身。
百年未滿先償債，十口無歸更累人。
是處青山可埋骨，他年雨夜獨傷神。
與君今日為兄弟，又結來生未了因。

柏台霜氣夜淒淒，風動琅璫月向西；
夢繞雲山心似鹿，魂飛湯火命如雞。
眼中犀角真吾子，身後牛衣愧老妻。
百歲神遊定何處，桐鄉知葬浙江西。

✍　**註：** 蘇東坡被囚御史台獄中，因誤認將死，而寫此詩交獄
卒梁成轉弟蘇轍。當神宗見詩後，轉呈祖母曹太后，太后
見詩淒然淚下，囑神宗釋放了東坡。

示姪韓湘子詩　　　　　　　韓愈

一封朝奏九重天，夕貶朝陽路八千。
本為聖朝除弊政，敢將衰朽惜殘年。
雲橫秦嶺家何在？雪擁藍關馬不前。
知汝遠來應有意，好收吾骨瘴江邊！

✍　**註：** 此詩乃韓愈被貶潮州刺史，途遇姪韓湘子而作。雲橫
二句乃韓湘在長安為其祝壽之聯，至此方應也。

戒子孫　　　　　　　　　　　　吳祖光

中年煩惱少年狂，南北東西當故鄉。
血雨腥風渾細事，荊天棘地作戰場，
年查歲審都成罪，戲語閑談盡上綱，
寄語兒孫戒玩笑，一生誤我二流堂。

✍ **註：** 吳祖光係中國名劇作家。1942 年在唐瑜家因與郭沫若
開玩笑，語出「二流堂」，後給吳的一生帶來災難；18 年後，
又因之使其妻，才貌出眾的平劇皇后新鳳霞遭迫害致殘。

獲釋的填詞　　　　　　　　　　嚴慰冰

一片鵲噪滿院霞，聽了琵琶，飲了香茶，
囚人今日喜歸家，心底開花，眼淚嘩嘩。
周身穿戴今瀟灑，衫兒堪誇，帽子稱佳。
輕車片刻到堂下，痛失阿媽，俯親孫娃。

✍ **註：** 嚴慰冰係中國高級幹部陸定一的妻子，在十年動亂
中，被關進監獄，達十三年之久，這是被「平反」獲釋返
家後所填。

獄中　　　　　　　　　　　　　嚴昭

秦城白楊噪暮鴉，西風黃葉何處家；
苦憐杜鵑寒風泣，長門遙對棠棣花。

175

出獄　　　　　　　　　　　　嚴昭

昔我初來時，白楊出牆梢；爾今歸去日，白楊參天高。

    註： 嚴昭係陸定一、嚴慰冰的女兒，十年動亂中在獄九年後，平反獲釋。

輓〈三家村〉之一吳晗　清華大學學生

「罷官」容易折腰難，憶昔「投槍」夢一般。

「燈下集」中勤考據，「三家村」裡借幫閒。

低頭四改「朱元璋」，舉眼千回未過關。

夫婦雙雙飛去也，只留鴻爪在人間。

    註： 吳晗是受胡適賞識的大學問家，著有《朱元璋傳》、《讀史札記》、《投槍集》、《燈下集》、《吳晗歷史論著選集》，與鄧拓、廖沫沙三人在《前線》雜誌主編〈三家村札記〉。1965年開始，因《海瑞罷官》、〈三家村札記〉被毛澤東點名批判。1967 年被迫害致死。其妻袁震與女吳彥自殺，一家四口，死了三個，吳彰為其僅存的一個兒子。

嘲吳晗及自嘲詩　　　　　　廖沫沙

書生自喜投文網，高士如今受折腰。

把臂栽頭噴氣舞，滿場爭著鬥風騷。

    註： 上詩是在十年動亂的早期，廖沫沙、吳晗被「批鬥會」批完，押上車返回關押的地方以後，無可奈何地口占一首，

嘲難友吳晗及自嘲。

悼亡妻肖菊英　　　　　　　陳毅

泉台幽幽汝何之？檢點遺篇幾首詩。
誰說而今人何在，依稀門角見玉姿。

✍ **註：** 1931 年軍隊內部「肅反」擴大化，陳毅離贛南赴吉安
開會。行前，他預感兇多吉少，對妻子肖菊英說：「三天人
不回，必有信；信不見，就難免出了事嘍！」後來，陳在
歸途中，馬被敵人打死，等繞道返回興國城時，肖菊英已
投在院子的井裡去了，陳檢點遺篇，寫出上詩。

〈整人〉打油詩　　　　　　　夏衍

聞道人須整，而今盡整人。有人皆可整，不整不成人。
整自由他整，人還是我人。試看整人者，人亦整其人。

✍ **註：** 在十年動亂前，夏衍是文化部長，寬銀幕彩色電影故
事片《阿詩瑪》的電影劇本，是由他修改，並全力支持拍
攝的。在十年動亂中，他被批鬥，並關入監牢，上詩是他
在獄中寫的。

〈臭老九〉打油詩　　　　　　　梁漱溟

十儒九丐古時有，而今又名臭老九；
古之老九猶叫人，今之老九不如狗；

專政全憑知識無，反動皆因文化有；

倘若馬列生今世，也要揪出滿街走。

絕命詩　　　　　　　　　　明／孫蕡曾

鼉鼓三聲急，西山日又斜。黃泉無客店，今夜宿誰家？

✍　**註：** 明孫蕡曾為大將軍藍玉的一幅畫題過詩，當朱元璋屠戮
　　功臣時，藍玉被殺，孫受株連，在刑場上被行刑前吟出上詩，
　　被行刑者抄下呈上，據說，當朱元璋看到委婉、淒涼的上詩
　　時，大為讚賞，並以「有好詩不報」為名，殺了監斬官。

乙未冬絕筆詩　　　　　　　　　劉銘傳

歷盡艱危報主知，功成翻悔入山遲；

平生一覺封侯夢，已到黃梁飯熟時。

✍　**註：** 劉銘傳係大陸派到台灣的首任巡撫。

知青之歌　　　　　　　　　　任毅

藍藍的天上，白雲在飛翔，金色的揚子江畔，是可愛
的南京古城我的故鄉，金色的學生時代，已載入了青春的
史冊，一去不復返；未來的道路，多麼艱難，多麼漫長，
生活的腳步，深陷在偏僻的異鄉。

✍　**註：** 在中國毛澤東發動的知識青年上山下鄉運動中，有上
　　千萬的學生離開了學校，離開了家，下到農村和邊疆去「插

隊落戶」。這首歌是南京知青任毅所作，幾乎傳遍了各地的
知青點，但任毅也因此受到了批判，並差一點要了他的命。

旅懷　　　　　　　　　　　文天祥

昨夜分明夢到家，飄搖依舊落天涯。
故園門掩東風老，無限杜鵑啼落花。

到家　　　　　　　　　　　清／錢載

久失東牆綠萼梅，西牆雙桂一風摧。
兒時我母教兒地，母若知兒望母來。
三十四年何限罪，百千萬念不如灰。
曝簷破襖猶藏篋，明日焚黃祇益哀。

題梅詩　　　　　　　　　　伊秉綬

生性寒禁又占春，小橋流水悟前因。
一枝乍放晴初霽，不負明月能幾人。

牛頭山　　　　　　　　　　清／錢載

牛頭山見北村低，隱隱炊煙叫午雞。
安石榴花紅瑪瑙，嘉陵江水碧玻璃。

送人南還　　　　　　　　　陳圓圓

楊柳堤，不繫車行馬首；空餘千里秋霜，凝淚思若斷腸；
腸斷腸斷，又歸促歸聲斷。

三阻歌

　　一阻：梳好髻，插枝花，背上嬌兒探外家。突然大雨
傾盆下，教娘心事亂如麻。

　　二阻：寧耐等，等天晴，此回唔憂去不成。誰料隔鄰
生日請，迫於無奈作人情。

　　三阻：飲了酒，放下杯，叫聲眾位恕不陪。剛剛出到
大門外，又遇夫君遠道回

✍　**註：**寫一婦女欲回娘家探親，卻連連受阻的無奈情形。

梅妃拒收明皇禮

　　柳葉雙眉久不描，殘妝和淚汙紅綃。

　　長門自是無梳洗，何必珍珠慰寂寥。

✍　**註：**唐明皇得貴妃後，就把原來深愛的住在長寧宮中的梅
　　　妃拋在了一旁。一日，他忽憶起惜日愛姬，就差宮女送去
　　　一盒珠寶給梅妃。當時梅妃不但拒收此禮物，還寫了上詩
　　　回皇帝。

淮上與友人別　　　　　鄭谷

楊子江頭楊柳春，楊花愁煞渡江人。
數聲氣笛離亭晚，君向瀟湘我向秦。

詩謎篇

扇 王安石

戶部一侍郎，恰似關雲常，上位石榴紅，辭官金菊香。

✍ **註：** 王安石與王吉甫以扇打詩謎，王安石作了以上一首謎
詩；而王吉甫則有：「有風不動無風動，不動無風動有風。」
之句。

草鞋

少小青青老來黃，百般拷打才成雙。
送君千里終須別，將奴拋棄路一旁。

柳 賀知章

碧玉妝來一樹高，萬條垂下綠絲搖。
不知細葉誰裁出？二月春風似剪刀。

「鮮」字

其一 蘇小妹

我有一物長得奇，半邊生雙翅，半邊長四蹄。長蹄的
跑得慢，長翅的飛不起。

其二

蘇東坡

　　我有一物生得巧，半邊鱗甲半邊毛。半邊離水難活命，半邊落水命難逃。

其三

秦少游

　　我有一物分兩旁，一邊好吃一邊香。一邊嵋山吃青草，一邊峨江把身藏。

天平

　　一個老漢真出奇，肩挑擔子腳不移。
　　錙銖毫厘都計較，為人公正不偏移。

指南針

　　一根小針，品性堅貞；風吹浪打，方向不移，大家說它，是個東西；實際所指，不是東西。

地圖

　　有道無車走，江湖不行輪。憑此尺寸地，放眼熟乾坤。

酒

艾青

　　它是可愛的，有火的性格，水的外形。

鏡子

南面而坐，北面而朝，像憂亦憂，像喜亦喜。

爆竹

能使妖魔膽盡摧，身如束帛氣如雷。
一聲震得人方恐，回首相看已成灰。

風箏

階下兒童仰面時，清明妝點最堪宜。
游絲一斷渾無力，莫向東風怨別離。

詩謎對話

　　從前，有一個男孩，去看望他的女友，老人開門後說女兒不在，問有何事？男孩知道老人是猜謎高手，於是寫到：

牛在和尚屋，兩人抬根木；單眼望獨木，目字下面有彎曲。

（謎底：特來相見。）

　　老人也拿出女兒留下的一張紙，上寫道：

言是青山不是青，兩人土上說原因。
三人騎牛牛無角，草木之中有一人。

（謎底：請坐奉茶。）

老人想了解男孩的家庭狀況，接著就問他：姓名、年齡、籍貫、民族、文化程度、父親職業。男孩在紙上寫道：

姓名：一加一，三減一，日環蝕。

謎底：王二一。

年齡：上通下不通，下通上不通；不通都不通，要通大家通。

謎底：「由甲田申」，甲申年生。

籍貫：工。

謎底：江西省。

民族：格里格。

謎底：回。

文化程度：橫空出世。

謎底：高中生。

父親職業：先天不足，後天有餘。

謎底：大夫。

最後，老人拿出女兒寫的一個「女」字。老人和男孩均從各自的角度，發生誤解。等女兒回家方說：我那個「女」字的謎底是「少見為妙」。

中藥詩謎一 李時珍

相思家書無筆踪，雨灑街頭跌老翁。
行船水急帆休掛，江上乘騎赴龍宮。
謎底：白芷、滑石、防風、海馬。

中藥詩謎二
李時珍

不勝將軍失戰機，只念高堂白髮稀。
心事寄與孩兒去，莫問他人食與衣。
謎底：敗醬、知母、附子、獨活。

中藥詩謎三
曹操

胸中荷花，西湖秋英。晴空夜珠，初入其境。
長生不老，永遠安寧。老娘獲利，警惕家人。
謎底：穿心蓮、杭菊、滿天星、生地、萬年青、千年
健、益母、防己。

中藥詩謎四
曹操

五除三十，假滿臨期。胸有大略，軍師難混。
醫生接骨，老實忠誠。無能缺技，藥房關門。
謎底：商陸、當歸、遠志、苦蔘、續斷、厚樸、白朮、
沒藥。

中藥詩謎五
蘇小妹

久旱逢甘雨，他鄉遇故知。洞房花燭夜，金榜題名時。

✎ **註**：本詩謎每句隱含三味中藥，係蘇小妹出給秦少游的，
秦少游經蘇軾暗點才答出如下：澤瀉、甘露、滴滴金、生

地、見風青、三兄弟、君子、女貞、金合歡、生薑、上甲、
一見喜。

中藥詩謎六

一幅花箋決不欺，相煩寄與我親兒。
休圖自己營生計，須念高堂白髮稀。
謎底：信實、附子、獨活、知母。

中藥詩謎七

江上乘騎赴早朝，不勝將軍棄甲逃；
赤壁溪前棲過夜，晚來待露掛征袍。
謎底：海馬、敗醬、宿沙、砒霜。

中藥成詩又成詞

除夕藥名

從容歲事已無忙，草果村餚設小堂。
酣酌屠蘇傾竹葉，煖煨榅柚帶松香。
插梅屏映連翹影，剪燭燈明續斷光。
白附地黃書粉字，萬年長積有餘糧。

元旦藥名

合歡門內各怡然，五味辛盤共度年。
把盞紅椒浮綠酒，擁炉蒼木起清煙。
雪留砌畔天花積，冰結階前地骨堅。
祝願兒曹添遠志，白頭翁更壽綿綿。

中藥名尺牘

檳榔一去，不過半夏，更不當歸耶？盼望天南星，大腹？忍冬藤矣！誰史君子效寄望草纏繞他枝，使故園芍藥花無主耶？妾盼不見白芷書，茹不盡黃連苦。詩云：「豆蔻不消心上恨！丁香空結雨中愁。」奈何？奈何！心恒答曰：「紅娘子一別，桂枝香已凋謝矣！幾時菊花茂盛，飲歸紫苑。奈常山路遠，滑石難行；況今木賊竊發，巴戟森森，豈不遠志乎？姑待從容耳。卿勿使急性子，罵我曰：「蒼耳子狠心哉。」不至白頭翁而死，則不佞回鄉時自有金銀花相贈也。

192

註：吳妓詹愛雲，寄新歡周心恒書云

藥名詩 　　　　　　　唐／張籍

江皋歲暮相逢地，黃葉霜前半夏枝。

子夜吟詩向松桂，心中萬事喜君知。

註：前兩句寫出作者與友人（鄱陽客）相逢的季節、地點
及景色；後兩句寫，夜半賦詩松桂下，心志相通成莫逆。
其抒情懷舊的意蘊，優美深摯。

更巧妙的，在詩中嵌入半夏，及第一句與第二句，第
二句與第三句，第三句與第四句的首尾交接處，竟蘊藏著
「地黃、枝子、桂心」三味中藥；更妙的，作者於末句「喜
君知」係「使君子」的諧音。

藥名詩 　　　　　　　吳承恩

自從益智登山盟，王不留行送出城。路上相逢三稜子，
途中追趕馬兜鈴。

尋坡轉澗求荊芥，邁嶺登山拜茯苓。防己一身如竹瀝，
茴香何日拜朝廷？

註：這首藥名詩，見於《西遊記》第三十六回中。詩裡鑲
嵌了：益智、王不留行、三稜子、馬兜鈴、荊芥、伏苓、
防己、竹瀝、茴香等九味中藥。

藥名入情歌

閨思

紅娘子，嘆一聲，受盡了檳郎的氣。你想遠志，做了隨風子，不想當歸是何時？繼續再得甜如蜜，金銀花都費盡了，相思病沒藥醫。待他有日的茴香也，我就把玄胡索兒縛住了你。

閨怨

想人參最是離別恨，只為甘草口甜甜的哄到如今，因此黃連心苦，苦裡為伊擔悶。白芷兒寫不盡離情字，囑咐使君子切莫作負心人。你果是半夏的當歸也，我情願對著天南星徹夜的等。

奮激心情（被情人誤解後）

你說我負了心，無憑無實，激得我蹬穿了地骨皮，願對威靈仙發下盟誓。細辛將奴想，厚樸你自知。莫把我情書也，當作破故紙。

中藥詞〈滿庭芳・靜夜詩〉

雲母屏開，珍珠簾閉，防風吹散沉香，離情抑鬱，金縷織硫黃。柏影桂枝交映，從容起，弄水銀塘。連翹首，驚過半夏，涼透薄荷裳。一鉤藤上月，尋常山夜，夢宿沙場。早已輕粉黛，獨活空房。欲續斷，弦未得，烏頭白，

最苦參商，當歸也！茱萸熟，地老花黃。

✎　註：這首詞，宛如戰爭年代，一位深閨怨女，思念征戰沙場的丈夫，夜半冷月，獨守空房的怨悵心情。

詞中鑲嵌了：雲母、珍珠、防風、沉香、鬱金、黃柏、桂枝、蓯蓉、水銀、連翹、半夏、薄荷、鉤藤、常山、輕粉、粉黛、獨活、續斷、烏頭、苦參、當歸、茱萸、熟地、菊花等二十四味中藥。

藥名閨情〈生查子〉　　　　陳亞

「相思」意已深，「白紙」（白芷）書難足。字字苦「參」商，故要「檳郎」（檳榔）讀。

分明記得約「當歸」，「遠志」、「櫻花」熟。何事「菊花」時，猶未「回鄉」（茴香）曲？

夏初臨〈閨怨〉

竹葉低斟，相思無限。車前細問歸期；織女牽牛，天河水界東西。比如寄生天上，勝孤身獨活，空閨人言即去；合歡不遠，半夏當歸。徘徊鬱金掌，玳瑁牀西。香消龍麝，窗錦文犀。藁本拈來，湘囊故紙留題，五味慵調懨懨病，沒藥難醫；從容待烏頭變黑，枯柳生稊。

藥名閨思〈黃鶯兒〉

滿園發榴葵（紅花），訂回期（當歸），端午時（半夏）；
奴如嬬守空閨裡（獨活），飄零不歸（浪蕩子），相思怎醫
（沒藥）？心心念念人千里（遠志）。自思索（細辛）：雲
鬢兩鬢（烏頭），一半變霜絲（斑毛）。

藥名聯四首

一身蟬衣，怎進將軍府？
半枝木筆，敢書國老家！

扶桑，白頭翁，有遠志，
淮山，紅孩兒，不寄生。

劉寄奴插金花，戴銀花，比牡丹、芍藥勝五倍，從容
出閣，含羞倚望檳榔。
徐長卿持大戟，跨海馬，與木賊、草蔻戰百合，旋複
回朝，車前欲會紅娘。

君子牽牛耕生地，
將軍打馬過常山。

蘇小妹探女

蘇小妹的女兒瑛瑛，有無數機會，可以嫁入達官豪門，但她卻選擇了一位中醫藥郎中。一天，蘇小妹去看女兒，進得門來，一眼就看見在茅屋的窗台上放了些雜亂的草藥，來遮風擋雨，不覺心頭一酸，眼淚便奪眶而出，嘆了一聲，有感而說：「半窗紅花防風雨」，「一陣乳香知母來」敏捷而瀟灑的瑛瑛馬上作了以上回答。

蘇小妹聽了女兒情景交融的回聯，頓時破涕為笑。

桑寄生傳

桑寄生者，常山人也。為人厚樸，少有遠志，讀書數百部。長而益智不凡，雌黃今古，談詞如玉屑。狀貌瑰異，龍骨而虎睛。膂力絕人，運大戟八十斤，走及千里。與劉寄奴為布衣交，劉即位，拜為將軍。日含雞舌侍左右，恩幸無比。薦其友周升、杜仲、馬勃，上召見之曰：「公等所謂參、苓、芝、術，不可一日無者也，何相見之晚耶！」生即進曰：「土以類合，猶磁石之取針，琥珀之拾芥，若用小人而望其進賢，是猶求柴胡、桔梗於瀉澤也。」然頗好佛，與天竺黃道人、密陀僧好最善。從容言於上，上惡其異端，弗之用。

木賊反，自號威靈仙，與辛夷、前胡相結，連犯天雄軍。上謂生曰：「豺狼毒吾民，奈何？」生曰：「此小草寇，臣請折箠笞之。」上大喜，賜穿山甲、犀角帶，問：「何

時當歸？」曰：「不過半夏。」遂帥兵往。乘海馬攻賊，大戰百合，流血數里。令士卒負大黃，發赤箭。賊不能當，遂走，絆於鐵蒺藜，或踐滑石而躓，悉追斬之。惟先降者獨活，以延胡索繫之而歸。無名異寶，不可勝計。或曰：「馬援以薏苡興謗，此不可留也。」俱籍獻之。上迎勞生曰：「卿平賊如剪草，孫吳不能過也。」因呼為國老而不名。生益貴，賞賜日積，鍾乳三千兩，胡椒八百斛，以珠寶買紅娘子為妻。

紅娘子者，有美色，髮如蜀漆，顏如丹砂，體白而乳香；生愛之，以為牡丹、芍藥，不能與之爭妍也。上聞，賜以金銀花、玟瑁簪，月給胭脂、胡粉之費。一日，上見生體贏，謂曰：「卿大腹頓減，非以好色故耶？宜戒淫欲，節五味以自養。」且令放還其妻。生不得已，贈以青箱子而遣之。然思之不置，遇秋風起，因取破故紙，題詩以寄之曰：

牽牛織女別經年，安得鸞膠續斷弦。
雲母帳空人不見，水沈香冷月娟娟。
澤蘭憔悴渚蒲黃，寒露初凝百草霜。
不共玉人傾竹葉，茱萸甘菊自煎湯。

妻答之曰：

菟絲曾附女蘿枝，分手車前又幾時？
羞折紅花簪鳳髻，懶將青黛掃蛾眉。
丁香慢比愁腸結，豆蔻長含別淚垂。
願學雲中雙石燕，庭烏頭白竟何遲？
天門冬日曉蒼涼，落葉悲驚滿地黃。

清淚暗銷輕粉面，凝塵間鎖鬱金裳。

石蓮未嚼心先苦，紅荳相看恨更長。

鏡裏孤鸞甘遂死，引年何用覓呂陽？

生得詩，情不自禁，乃言於上，召之使還。然生既溺於欲，又不能防風寒所侵，寖以成疾。面生青皮，兩手如乾荳，皓然白頭翁也。上疏乞骨骸。王不留行，諭之曰：「吾曩者預知子之有今日矣。」賜神曲、麴酒百斛。以皂角巾歸第，養疾而卒。作史君子曰：「桑氏出於秦大夫子桑。子蓋桑白皮之後也。有名螵蛸者，亦其遠族。生少孤梵，僅知其母而不知其父，卒能以才見於時，非所謂郄林之桂枝，沅江之鱉甲也？與其後耽于女色，甘之如石蜜，而忘其苦於熊膽；美之如琅纖，而不知毒甚於烏蛇。迷而不悟，卒已傷生，惜哉！」

國家圖書館出版品預行編目

幽趣詩詞選 / 王如萍著. -- 一版. -- 臺北
市：秀威資訊科技, 2006 [民 95]
面；　公分. -- (語言文學類；PG0089)

ISBN 978-986-7080-23-3（平裝）

831.93　　　　　　　　95002633

 語言文學^　PG0089

幽趣詩詞選

作　　者 / 王如萍
發 行 人 / 宋政坤
執行編輯 / 林世玲
圖文排版 / 劉逸倩
封面設計 / 羅季芬
數位轉譯 / 徐真玉　沈裕閔
„˘fiP　　 / 林怡君
"k«¯U　 / /Œ…¡@«fiv
出版印製 / 秀威資訊科技股份有限公司
　　　　　 台北市內湖區瑞光路 583 巷 25 號 1 樓
　　　　　 電話：02-2657-9211　　　傳真：02-2657-9106
　　　　　 E-mail：service@showwe.com.tw
經 銷 商 / 紅螞蟻圖書有限公司
　　　　　 台北市內湖區舊宗路二段 121 巷 28、32 號 4 樓
　　　　　 電話：02-2795-3656　　　傳真：02-2795-4100
　　　　　 http://www.e-redant.com

2006 年　3 月 BOD 一版
2006 年 12 月 BOD 二版
定價：240 元